D0458475

POUR
UN NOUVEAU ROMAN

ALAIN ROBBE-GRILLET

POUR
UN
NOUVEAU ROMAN

LES ÉDITIONS DE MINUIT

IL A ÉTÉ TIRÉ DE CET OUVRAGE QUATRE-VINGTS
EXEMPLAIRES SUR PUR FIL JOHANNOT NUMÉROTÉS DE
1 A 80, PLUS SEPT EXEMPLAIRES HORS-COMMERCE,
NUMÉROTÉS DE H.-C. I A H.-C. VII

IL A ÉTÉ TIRÉ EN OUTRE QUATRE CENT DOUZE
EXEMPLAIRES SUR BOUFFANT SÉLECT MARQUÉS
« 412 », NUMÉROTÉS DE 1 A 412 ET RÉSERVÉS
A LA LIBRAIRIE DES ÉDITIONS DE MINUIT

A QUOI SERVENT LES THÉORIES

(1955 et 1963)

Je ne suis pas un théoricien du roman. J'ai seulement, comme tous les romanciers sans doute, aussi bien du passé que du présent, été amené à faire quelques réflexions critiques sur les livres que j'avais écrits, sur ceux que je lisais, sur ceux encore que je projetais d'écrire. La plupart du temps, ces réflexions étaient inspirées par certaines réactions — qui me paraissent étonnantes ou déraisonnables — suscitées dans la presse par mes propres livres.

Mes romans n'ont pas été accueillis, lors de leur parution, avec une chaleur unanime ; c'est le moins que l'on puisse dire. Du demi-silence réprobateur dans lequel tomba le premier (*Les Gommes*) au refus massif et violent que la grande presse opposa au second (*Le Voyeur*), il n'y avait guère de progrès ; sinon pour le tirage, qui s'accrut sensiblement. Bien sûr, il y eut aussi quelques louanges, çà et là, mais qui parfois me déroutaient encore davantage. Ce qui me surprenait le plus, dans les reproches comme dans les éloges, c'était de rencontrer presque partout une référence implicite — ou même explicite — aux grands romans du passé, qui toujours étaient posés comme le modèle sur quoi le jeune écrivain devait garder les yeux fixés.

Dans les revues, je trouvais souvent plus de sérieux. Mais je ne réussissais pas à me satisfaire d'être reconnu, goûté, étudié, par

7

les seuls spécialistes qui m'avaient encouragé dès le début ; j'étais persuadé d'écrire pour le « grand public », je souffrais d'être considéré comme un auteur « difficile ». Mes étonnements, mes impatiences, étaient probablement d'autant plus vifs que j'ignorais tout, par ma formation, des milieux littéraires et de leurs habitudes. Je publiais donc, dans un journal politico-littéraire à grand tirage (*L'Express*), une série de brefs articles où j'exposais quelques idées qui me semblaient tomber sous le sens : disant par exemple que les formes romanesques doivent évoluer pour rester vivantes, que les héros de Kafka n'ont que peu de rapport avec les personnages balzaciens, que le réalisme-socialiste ou l'engagement sartrien sont difficilement conciliables avec l'exercice problématique de la littérature, comme avec celui de n'importe quel art.

Le résultat de ces articles ne fut pas ce que j'attendais. Ils firent du bruit, mais on les jugea, quasi-unanimement, à la fois simplistes et insensés. Poussé toujours par le désir de convaincre, je repris alors en les développant les principaux points en litige, dans un essai un peu plus long qui parut dans *la Nouvelle Revue française*. L'effet ne fut hélas pas meilleur ; et cette récidive — qualifiée de « manifeste » — me fit en outre sacrer théoricien d'une nouvelle « école » romanesque, dont on n'attendait évidemment rien de bon, et dans laquelle on s'empressa de ranger, un peu au hasard, tous les écrivains qu'on ne savait pas où mettre. « Ecole du regard », « Roman objectif », « Ecole de Minuit », les appellations variaient ; quant aux intentions que l'on me prêtait, elles étaient en effet délirantes : chasser l'homme du monde, imposer ma propre écriture aux autres romanciers, détruire toute ordonnance dans la composition des livres, etc.

Je tentais, dans de nouveaux articles, de mettre les choses au point, en éclairant davantage les éléments qui avaient été les plus négligés par les critiques, ou les plus distordus. Cette fois l'on m'accusa de me contredire, de me renier... Ainsi, poussé tour à tour par mes recherches personnelles et par mes détracteurs, je continuais irrégulièrement d'année en année à publier mes réflexions sur la littérature. C'est cet ensemble qui se trouve aujourd'hui rassemblé dans le présent volume.

Ces textes ne constituent en rien une théorie du roman ; ils tentent seulement de dégager quelques lignes d'évolution qui me paraissent capitales dans la littérature contemporaine. Si j'emploie volontiers, dans bien des pages, le terme de *Nouveau Roman,* ce n'est pas pour désigner une école, ni même un groupe défini et constitué d'écrivains qui travailleraient dans le même sens ; il n'y a là qu'une appellation commode englobant tous ceux qui cherchent de nouvelles formes romanesques, capables d'exprimer (ou de créer) de nouvelles relations entre l'homme et le monde, tous ceux qui sont décidés à inventer le roman, c'est-à-dire à inventer l'homme. Ils savent, ceux-là, que la répétition systématique des formes du passé est non seulement absurde et vaine, mais qu'elle peut même devenir nuisible : en nous fermant les yeux sur notre situation réelle dans le monde présent, elle nous empêche en fin de compte de construire le monde et l'homme de demain.

Louer un jeune écrivain d'aujourd'hui parce qu'il « écrit comme Stendhal » représente une double malhonnêteté. D'une part cette prouesse n'aurait rien d'admirable, comme on vient de le voir ; d'autre part il s'agit là d'une chose parfaitement impossible : pour écrire comme Stendhal, il faudrait d'abord écrire en 1830. Un écrivain qui réussirait un habile pastiche, si habile même qu'il produirait des pages que Stendhal aurait pu signer à l'époque, n'aurait en aucune façon la valeur qui serait encore aujourd'hui la sienne s'il avait rédigé ces mêmes pages sous Charles X. Ce n'était pas un paradoxe que développait à ce propos J.-L. Borgès dans *Fictions :* le romancier du XXe siècle qui recopierait mot pour mot le *Don Quichotte* écrirait ainsi une œuvre totalement différente de celle de Cervantès.

D'ailleurs personne n'aurait l'idée de louer un musicien pour avoir, de nos jours, fait du Beethoven, un peintre du Delacroix, ou un architecte d'avoir conçu une cathédrale gothique. Beaucoup de

9

romanciers, heureusement, savent qu'il en va de même en littérature, qu'elle aussi est vivante, et que le roman depuis qu'il existe a toujours été nouveau. Comment l'écriture romanesque aurait-elle pu demeurer immobile, figée, lorsque tout évoluait autour d'elle — assez vite même — au cours des cent cinquante dernières années ? Flaubert écrivait le nouveau roman de 1860, Proust le nouveau roman de 1910. L'écrivain doit accepter avec orgueil de porter sa propre date, sachant qu'il n'y a pas de chef-d'œuvre dans l'éternité, mais seulement des œuvres dans l'histoire ; et qu'elles ne se survivent que dans la mesure où elles ont laissé derrière elles le passé, et annoncé l'avenir.

Cependant, il est une chose entre toutes que les critiques supportent mal, c'est que les artistes s'expliquent. Je m'en rendis compte tout à fait lorsque, après avoir exprimé ces évidences et quelques autres, je fis paraître mon troisième roman (*La Jalousie*). Non seulement le livre déplut et fut considéré comme une sorte d'attentat saugrenu contre les belles-lettres, mais on démontra de surcroît comment il était normal qu'il fût à ce point exécrable, puisqu'il s'avouait le produit de la préméditation : son auteur — ô scandale ! — se permettait d'avoir des opinions sur son propre métier.

Ici encore, on constate que les mythes du XIXe siècle conservent toute leur puissance : le grand romancier, le « génie », est une sorte de monstre inconscient, irresponsable et fatal, voire légèrement imbécile, de qui partent des « messages » que seul le lecteur doit déchiffrer. Tout ce qui risque d'obscurcir le jugement de l'écrivain est plus ou moins admis comme favorisant l'éclosion de son œuvre. L'alcoolisme, le malheur, la drogue, la passion mystique, la folie, ont tellement encombré les biographies plus ou moins romancées des artistes qu'il semble désormais tout naturel de voir là des nécessités essentielles de leur triste condition, de voir en tout cas une antinomie entre création et conscience.

Loin d'être le résultat d'une étude honnête, cette attitude trahit une métaphysique. Ces pages auxquelles l'écrivain a donné le jour comme à son insu, ces merveilles non concertées, ces mots perdus, révèlent l'existence de quelque force supérieure qui les a dictés. Le romancier, plus qu'un créateur au sens propre, ne serait alors qu'un simple médiateur entre le commun des mortels et une puissance obscure, un au-delà de l'humanité, un esprit éternel, un dieu...

Il suffit en réalité de lire le journal de Kafka, par exemple, ou la correspondance de Flaubert, pour se rendre compte aussitôt de la part primordiale prise, déjà dans les grandes œuvres du passé, par la conscience créatrice, par la volonté, par la rigueur. Le travail patient, la construction méthodique, l'architecture longuement méditée de chaque phrase comme de l'ensemble du livre, cela a de tout temps joué son rôle. Après *les Faux-Monnayeurs,* après Joyce, après *la Nausée,* il semble que l'on s'achemine de plus en plus vers une époque de la fiction où les problèmes de l'écriture seront envisagés lucidement par le romancier, et où les soucis critiques, loin de stériliser la création, pourront au contraire lui servir de moteur.

Il n'est pas question, nous l'avons vu, d'établir une théorie, un moule préalable pour y couler les livres futurs. Chaque romancier, chaque roman, doit inventer sa propre forme. Aucune recette ne peut remplacer cette réflexion continuelle. Le livre crée pour lui seul ses propres règles. Encore le mouvement de l'écriture doit-il souvent conduire à les mettre en péril, en échec peut-être, et à les faire éclater. Loin de respecter des formes immuables, chaque nouveau livre tend à constituer ses lois de fonctionnement en même temps qu'à produire leur destruction. Une fois l'œuvre achevée, la réflexion critique de l'écrivain lui servira encore à prendre ses distances par rapport à elle, alimentant aussitôt de nouvelles recherches, un nouveau départ.

Aussi n'est-il pas très intéressant de chercher à mettre en contradiction les vues théoriques et les œuvres. La seule relation qui puisse exister entre elles est justement de caractère dialectique : un double jeu d'accords et d'oppositions. Il n'est donc pas éton-

nant, non plus, que l'on constate des évolutions d'un essai à
l'autre, parmi ceux que l'on va lire ici. Ce ne sont pas, bien
entendu, les grossiers reniements dénoncés à tort par des lecteurs
un peu trop inattentifs — ou malveillants —, mais des reprises sur
un plan différent, des réexamens, la seconde face d'une même idée,
ou bien un complément, lorsqu'il ne s'agit pas d'une pure et simple
mise en garde contre une erreur d'interprétation.

En outre, il est évident que les idées restent brèves, par rapport
aux œuvres, et que rien ne peut remplacer celles-ci. Un roman qui
ne serait que l'exemple de grammaire illustrant une règle — même
accompagnée de son exception — serait naturellement inutile :
l'énoncé de la règle suffirait. Tout en réclamant pour l'écrivain le
droit à l'intelligence de sa création, et en insistant sur l'intérêt que
présente pour lui la conscience de sa propre recherche, nous savons
que c'est surtout au niveau de l'écriture que cette recherche s'opère,
et que tout n'est pas clair à l'instant de la décision. Ainsi, après
avoir indisposé les critiques en parlant de la littérature dont il rêve,
le romancier se sent soudain démuni lorsque ces mêmes critiques
lui demandent : « Expliquez-nous donc pourquoi vous avez écrit ce
livre, ce qu'il signifie, ce que vous vouliez faire, dans quelle intention vous avez employé ce mot, construit cette phrase de telle
manière ? »
Devant de pareilles questions, on dirait que son « intelligence »
ne lui est plus d'aucun secours. Ce qu'il a voulu faire, c'est seulement ce livre lui-même. Cela ne veut pas dire qu'il en soit
satisfait toujours ; mais l'œuvre demeure, dans tous les cas, la
meilleure et la seule expression possible de son projet. S'il avait eu
la faculté d'en fournir une définition plus simple, ou de ramener
ses deux ou trois cents pages à quelque message en langage clair,
d'en expliquer mot à mot le fonctionnement, bref d'en donner la
raison, il n'aurait pas éprouvé le besoin d'écrire le livre. Car la
fonction de l'art n'est jamais d'illustrer une vérité — ou même une
interrogation — connue à l'avance, mais de mettre au monde des

12

interrogations (et aussi peut-être, à terme, des réponses) qui ne se connaissent pas encore elles-mêmes.

Toute la conscience critique du romancier ne peut lui être utile qu'au niveau des choix, non à celui de leur justification. Il sent la nécessité d'employer telle forme, de refuser tel adjectif, de construire ce paragraphe de telle façon. Il met tout son soin à la lente recherche du mot exact et de son juste emplacement. Mais de cette nécessité il ne peut produire aucune preuve (sinon, parfois, après coup). Il supplie qu'on le croie, qu'on lui fasse confiance. Et lorsqu'on lui demande pourquoi il a écrit son livre, il n'a qu'une réponse : « C'est pour essayer de savoir pourquoi j'avais envie de l'écrire. »

Quant à dire où va le roman, personne évidemment ne peut le faire avec certitude. Il est d'ailleurs probable que différentes voies continueront d'exister pour lui parallèlement. Pourtant il semble que l'une d'entre elles se dessine déjà avec plus de netteté que les autres. De Flaubert à Kafka, une filiation s'impose à l'esprit, qui appelle un devenir. Cette passion de décrire, qui tous deux les anime, c'est bien elle que l'on retrouve dans le nouveau roman d'aujourd'hui. Au-delà du naturalisme de l'un et de l'onirisme métaphysique de l'autre, se dessinent les premiers éléments d'une écriture réaliste d'un genre inconnu, qui est en train maintenant de voir le jour. C'est ce nouveau réalisme dont le présent recueil tente de préciser quelques contours.

UNE VOIE POUR LE ROMAN FUTUR

(1956)

Il ne semble guère raisonnable, à première vue, de penser qu'une littérature entièrement *nouvelle* soit un jour — maintenant, par exemple — possible. Les nombreuses tentatives, qui se sont succédé depuis plus de trente ans, pour faire sortir le récit de ses ornières n'ont abouti, au mieux, qu'à des œuvres isolées. Et — on nous le répète — aucune de ces œuvres, quel qu'en fût l'intérêt, n'a emporté l'adhésion d'un public comparable à celui du roman bourgeois. La seule conception romanesque qui ait cours aujourd'hui est, en fait, celle de Balzac.

Sans mal on pourrait même remonter jusqu'à madame de La Fayette. La sacro-sainte analyse psychologique constituait, déjà à cette époque, la base de toute prose : c'est elle qui présidait à la conception du livre, à la peinture des personnages, au déroulement de l'intrigue. Un « bon » roman, depuis lors, est resté l'étude d'une passion — ou d'un conflit de passions, ou d'une absence de passion — dans un milieu donné. La plupart de nos romanciers contemporains du type traditionnel — c'est-à-dire ceux qui justement recueillent l'approbation des consommateurs — pourraient recopier de longs passages de *la Princesse de Clèves* ou du *Père Goriot* sans éveiller les soupçons du vaste public qui dévore leur

15

production. A peine y faudrait-il changer quelque tournure, ou briser certaines constructions, donner çà et là le ton particulier de chacun au moyen d'un mot, d'une image hardie, d'une chute de phrase... Mais tous avouent, sans voir là rien d'anormal, que leurs préoccupations d'écrivains datent de plusieurs siècles.

Pourquoi, dit-on, s'en étonner ? Le matériau — la langue française — n'a subi que des modifications bien légères depuis trois cents ans ; et, si la société s'est transformée peu à peu, si les techniques industrielles ont fait des progrès considérables, notre civilisation mentale, elle, est bien restée la même. Nous vivons pratiquement sur les mêmes habitudes et les mêmes interdits, moraux, alimentaires, religieux, sexuels, hygiéniques, familiaux, etc. Enfin, il y a le « cœur » humain qui — c'est bien connu — est éternel. Tout est dit et l'on vient trop tard, etc., etc.

Le risque de telles rebuffades s'accroît encore si l'on ose prétendre que cette littérature nouvelle, non seulement est désormais possible, mais est en train déjà de voir le jour, et qu'elle va représenter — en s'accomplissant — une révolution plus totale que celles d'où naquirent, jadis, le romantisme ou le naturalisme.

Il y a forcément du ridicule dans une pareille promesse : « Maintenant les choses vont changer ! » Comment feraient-elles pour changer ? Vers quoi iraient-elles ? Et, surtout, pourquoi maintenant ?

Devant l'art romanesque actuel, cependant, la lassitude est si grande — enregistrée et commentée par l'ensemble de la critique — qu'on imagine mal que cet art puisse survivre bien longtemps sans quelque changement radical. La solution qui vient à l'esprit de beaucoup est simple : ce changement est impossible, l'art romanesque est en train de mourir. Cela n'est pas certain. L'histoire dira, dans quelques dizaines d'années, si les divers sursauts que l'on enregistre sont des signes de l'agonie, ou du renouveau.

De toute façon, il ne faudrait pas se faire d'illusions sur les difficultés d'un bouleversement de ce genre. Elles sont considérables.

Toute l'organisation littéraire en place (depuis l'éditeur jusqu'au plus modeste lecteur, en passant par le libraire et le critique) ne peut que lutter contre la forme inconnue qui tente de s'imposer. Les esprits les mieux disposés envers l'idée d'une transformation nécessaire, ceux qui sont les plus prêts à reconnaître la valeur d'une recherche, restent malgré tout les héritiers d'une tradition. Or, inconsciemment jugée par référence aux formes consacrées, une forme nouvelle paraîtra toujours plus ou moins une absence de forme. Ne lit-on pas, dans un de nos plus célèbres dictionnaires encyclopédiques, à l'article Schönberg : « Auteur d'œuvres audacieuses, sans souci d'aucune règle » ! Ce bref jugement se trouve sous la rubrique *Musique,* évidemment rédigée par un spécialiste.

Le nouveau-né balbutiant sera toujours considéré comme un monstre, même par ceux que l'expérience passionne. Il y aura de la curiosité, des mouvements d'intérêt, des réserves quant à l'avenir. Parmi les louanges sincères, la plupart s'adresseront aux vestiges des temps révolus, à tous ces liens que l'œuvre n'aura pas encore rompus et qui la tirent désespérément en arrière.

Car, si les normes du passé servent à mesurer le présent, elles servent aussi à le construire. L'écrivain lui-même, en dépit de sa volonté d'indépendance, est en situation dans une civilisation mentale, dans une littérature, qui ne peuvent être que celles du passé. Il lui est impossible d'échapper du jour au lendemain à cette tradition dont il est issu. Parfois, même, les éléments qu'il aura le plus tenté de combattre sembleront s'épanouir au contraire, plus vigoureux que jamais, dans l'ouvrage où il pensait leur porter un coup décisif ; et on le félicitera, bien entendu, avec soulagement, de les avoir cultivés avec tant de zèle.

Ainsi les spécialistes du roman (romanciers ou critiques, ou lecteurs trop assidus) seront sans doute ceux qui éprouveront les plus grandes peines à se dégager de l'ornière.

Déjà l'observateur le moins conditionné ne parvient pas à voir le monde qui l'entoure avec des yeux libres. Précisons tout de suite qu'il ne s'agit pas, ici, du naïf souci d'objectivité, dont les analyseurs de l'âme (subjective) ont beau jeu de sourire. L'objectivité au sens courant du terme — impersonnalité totale du regard — est trop évidemment une chimère. Mais c'est la *liberté* qui devrait du moins être possible, et qui ne l'est pas, elle non plus. A chaque instant, des franges de culture (psychologie, morale, métaphysique, etc.) viennent s'ajouter aux choses, leur donnant un aspect moins étranger, plus compréhensible, plus rassurant. Parfois le camouflage est complet : un geste s'efface de notre esprit au profit des émotions supposées qui lui auraient donné naissance, nous retenons qu'un paysage est « austère » ou « calme » sans pouvoir en citer aucune ligne, aucun des éléments principaux. Même si nous pensons aussitôt : « C'est de la littérature », nous n'essayons pas de nous révolter. Nous sommes habitués à ce que cette littérature (le mot est devenu péjoratif) fonctionne comme une grille, munie de verres diversement colorés, qui décompose notre champ de perception en petits carreaux assimilables.

Et si quelque chose résiste à cette appropriation systématique, si un élément du monde crève la vitre, sans trouver aucune place dans la grille d'interprétation, nous avons encore à notre service la catégorie commode de l'absurde, qui absorbera cet encombrant résidu.

Or le monde n'est ni signifiant ni absurde. Il *est,* tout simplement. C'est là, en tout cas, ce qu'il a de plus remarquable. Et soudain cette évidence nous frappe avec une force contre laquelle nous ne pouvons plus rien. D'un seul coup toute la belle construction s'écroule : ouvrant les yeux à l'improviste, nous avons éprouvé, une fois de trop, le choc de cette réalité têtue dont nous faisions semblant d'être venus à bout. Autour de nous, défiant la meute de nos adjectifs animistes ou ménagers, les choses *sont là.* Leur surface est nette et lisse, intacte, sans éclat louche ni transparence. Toute notre littérature n'a pas encore réussi à en entamer le plus petit coin, à en amollir la moindre courbe.

18

Les innombrables romans filmés qui encombrent nos écrans nous offrent l'occasion de revivre à volonté cette curieuse expérience. Le cinéma, héritier lui aussi de la tradition psychologique et naturaliste, n'a le plus fréquemment pour but que de transposer un récit en images : il vise seulement à imposer au spectateur, par le truchement de quelques scènes bien choisies, la signification que les phrases commentaient à loisir pour le lecteur. Mais il arrive à tout moment que le récit filmé nous tire hors de notre confort intérieur, vers ce monde offert, avec une violence qu'on chercherait en vain dans le texte écrit correspondant, roman ou scénario.

Chacun peut apercevoir la nature du changement qui s'est opéré. Dans le roman initial, les objets et les gestes qui servaient de support à l'intrigue disparaissaient complètement pour laisser la place à leur seule signification : la chaise inoccupée n'était plus qu'une absence ou une attente, la main qui se pose sur l'épaule n'était plus que marque de sympathie, les barreaux de la fenêtre n'étaient que l'impossibilité de sortir... Et voici que maintenant on *voit* la chaise, le mouvement de la main, la forme des barreaux. Leur signification demeure flagrante, mais, au lieu d'accaparer notre attention, elle est comme donnée en plus ; en trop, même, car ce qui nous atteint, ce qui persiste dans notre mémoire, ce qui apparaît comme essentiel et irréductible à de vagues notions mentales, ce sont les gestes eux-mêmes, les objets, les déplacements et les contours, auxquels l'image a restitué d'un seul coup (sans le vouloir) leur *réalité*.

Il peut sembler bizarre que ces fragments de réalité brute, que le récit cinématographique ne peut s'empêcher de nous livrer à son insu, nous frappent à ce point, alors que des scènes identiques, dans la vie courante, ne suffiraient pas à nous sortir de notre aveuglement. Tout se passe en effet comme si les conventions de la photographie (les deux dimensions, le noir et blanc, le cadrage, les différences d'échelle entre les plans) contribuaient à nous libérer de nos propres conventions. L'aspect un peu inhabituel de ce monde reproduit nous révèle, en même temps, le caractère *inhabituel* du monde qui nous entoure : inhabituel, lui aussi, dans la mesure où il refuse de se plier à nos habitudes d'appréhension et à notre ordre.

A la place de cet univers des « significations » (psychologiques, sociales, fonctionnelles), il faudrait donc essayer de construire un monde plus solide, plus immédiat. Que ce soit d'abord par leur *présence* que les objets et les gestes s'imposent, et que cette présence continue ensuite à dominer, par-dessus toute théorie explicative qui tenterait de les enfermer dans un quelconque système de référence, sentimental, sociologique, freudien, métaphysique, ou autre.

Dans les constructions romanesques futures, gestes et objets seront *là* avant d'être *quelque chose ;* et ils seront encore là après, durs, inaltérables, présents pour toujours et comme se moquant de leur propre sens, ce sens qui cherche en vain à les réduire au rôle d'ustensiles précaires, de tissu provisoire et honteux à quoi seule aurait donné forme — et de façon délibérée — la vérité humaine supérieure qui s'y est exprimée, pour aussitôt rejeter cet auxiliaire gênant dans l'oubli, dans les ténèbres.

Désormais, au contraire, les objets peu à peu perdront leur inconstance et leurs secrets, renonceront à leur faux mystère, à cette intériorité suspecte qu'un essayiste a nommée « le cœur romantique des choses ». Celles-ci ne seront plus le vague reflet de l'âme vague du héros, l'image de ses tourments, l'ombre de ses désirs. Ou plutôt, s'il arrive encore aux choses de servir un instant de support aux passions humaines, ce ne sera que temporairement, et elles n'accepteront la tyrannie des significations qu'en apparence — comme par dérision — pour mieux montrer à quel point elles restent étrangères à l'homme.

Quant aux personnages du roman, ils pourront eux-mêmes être riches de multiples interprétations possibles ; ils pourront, selon les préoccupations de chacun, donner lieu à tous les commentaires,

psychologiques, psychiatriques, religieux ou politiques. On s'aper-
cevra vite de leur indifférence à l'égard de ces prétendues richesses.
Alors que le héros traditionnel est constamment sollicité, accaparé,
détruit par ces interprétations que l'auteur propose, rejeté sans
cesse dans un *ailleurs* immatériel et instable, toujours plus lointain,
toujours plus flou, le héros futur au contraire demeurera là. Et ce
sont les commentaires qui resteront ailleurs ; en face de sa présence irréfutable, ils apparaîtront comme inutiles, superflus, voire
malhonnêtes.

Les pièces à conviction du drame policier nous donnent, paradoxalement, une assez juste image de cette situation. Les éléments
recueillis par les inspecteurs — objet abandonné sur les lieux du
crime, mouvement fixé sur une photographie, phrase entendue par
un témoin — semblent surtout, d'abord, appeler une explication,
n'exister qu'en fonction de leur rôle dans une affaire qui les dépasse.
Voilà déjà que les théories commencent à s'échafauder : le juge
d'instruction essaie d'établir un lien logique et nécessaire entre
les choses ; on croit que tout va se résoudre en un faisceau banal
de causes et de conséquences, d'intentions et de hasards...

Mais l'histoire se met à foisonner de façon inquiétante : les
témoins se contredisent, l'accusé multiplie les alibis, de nouveaux
éléments surgissent dont on n'avait pas tenu compte... Et toujours
il faut en revenir aux indices enregistrés : la position exacte d'un
meuble, la forme et la fréquence d'une empreinte, le mot inscrit
dans un message. On a l'impression, de plus en plus, qu'il n'y a
rien d'autre de *vrai*. Ils peuvent bien cacher un mystère, ou le
trahir, ces éléments qui se jouent des systèmes n'ont qu'une qualité
sérieuse, évidente, c'est d'être là.

Ainsi en va-t-il du monde qui nous entoure. On avait cru en
venir à bout en lui assignant un sens, et tout l'art du roman, en
particulier, semblait voué à cette tâche. Mais ce n'était là que
simplification illusoire ; et loin de s'en trouver plus clair, plus
proche, le monde y a seulement perdu peu à peu toute vie. Puisque

c'est avant tout dans sa présence que réside sa réalité, il s'agit donc, maintenant, de bâtir une littérature qui en rende compte.

Tout cela semblerait peut-être bien théorique, bien illusoire, si précisément quelque chose n'était en train de changer — et même d'une façon totale, sans doute définitive — dans les rapports que nous entretenons avec l'univers. Aussi entrevoyons-nous la réponse à cette question pleine d'ironie : « Pourquoi maintenant ? » Il y a aujourd'hui, en effet, un élément nouveau, qui nous sépare cette fois radicalement de Balzac, comme de Gide ou de madame de La Fayette : c'est la destitution des vieux mythes de la « profondeur ».

On sait que toute la littérature romanesque reposait sur eux, sur eux seuls. Le rôle de l'écrivain consistait traditionnellement à creuser dans la Nature, à l'approfondir, pour atteindre des couches de plus en plus intimes et finir par mettre au jour quelque bribe d'un secret troublant. Descendu dans l'abîme des passions humaines, il envoyait au monde tranquille en apparence (celui de la surface) des messages de victoire décrivant les mystères qu'il avait touchés du doigt. Et le vertige sacré qui envahissait alors le lecteur, loin d'engendrer l'angoisse ou la nausée, le rassurait au contraire quant à son pouvoir de domination sur le monde. Il y avait des gouffres, certes, mais grâce à de vaillants spéléologues on pouvait en sonder le fond.

Il n'est pas étonnant, dans ces conditions, que le phénomène littéraire par excellence ait résidé dans l'adjectif global et unique, qui tentait de rassembler toutes les qualités internes, toute l'âme cachée des choses. Le mot fonctionnait ainsi comme un piège où l'écrivain enfermait l'univers pour le livrer à la société.

La révolution qui s'est accomplie est de taille : non seulement nous ne considérons plus le monde comme notre bien, notre propriété privée, calquée sur nos besoins et domesticable, mais par surcroît nous ne croyons plus à cette profondeur. Tandis que les conceptions essentialistes de l'homme voyaient leur ruine, l'idée de

« condition » remplaçant désormais celle de « nature », la *surface* des choses a cessé d'être pour nous le masque de leur cœur, sentiment qui préludait à tous les « au-delà » de la métaphysique.

C'est donc tout le langage littéraire qui devrait changer, qui déjà change. Nous constatons, de jour en jour, la répugnance croissante des plus conscients devant le mot à caractère viscéral, analogique ou incantatoire. Cependant que l'adjectif optique, descriptif, celui qui se contente de mesurer, de situer, de limiter, de définir, montre probablement le chemin difficile d'un nouvel art romanesque.

'IC FOUNDATION

ic Avenue
fornia 95204

SUR QUELQUES NOTIONS PÉRIMÉES

(1957)

La critique traditionnelle a son vocabulaire. Bien qu'elle se défende beaucoup de porter sur la littérature des jugements systématiques (prétendant, au contraire, aimer librement telle ou telle œuvre d'après des critères « naturels » : le bon sens, le cœur, etc.), il suffit de lire avec un peu d'attention ses analyses pour voir aussitôt paraître un réseau de mots-clefs, trahissant bel et bien un système.

Mais nous sommes tellement habitués à entendre parler de « personnage », d' « atmosphère », de « forme » et de « contenu », de « message », du « talent de conteur » des « vrais romanciers », qu'il nous faut un effort pour nous dégager de cette toile d'araignée et pour comprendre qu'elle représente une idée sur le roman (idée toute faite, que chacun admet sans discussion, donc idée morte), et point du tout cette prétendue « nature » du roman en quoi l'on voudrait nous faire croire.

Plus dangereux encore, peut-être, sont les termes couramment employés pour qualifier les livres qui échappent à ces règles convenues. Le mot « avant-garde », par exemple, malgré son air d'impartialité, sert le plus souvent pour se débarrasser — comme d'un haussement d'épaules — de toute œuvre risquant de donner mauvaise conscience à la littérature de grande consommation. Dès qu'un

25

écrivain renonce aux formules usées pour tenter de forger sa propre écriture, il se voit aussitôt coller l'étiquette : « avant-garde ».

En principe, cela signifie seulement qu'il est un peu en avance sur son époque et que cette écriture sera utilisée demain par le gros de la troupe. Mais en fait le lecteur, averti par un clin d'œil, pense aussitôt à quelques jeunes gens hirsutes qui s'en vont, le sourire en coin, placer des pétards sous les fauteuils de l'Académie, dans le seul but de faire du bruit ou d'épater les bourgeois. « Ils veulent scier la branche sur laquelle nous sommes assis », écrit sans malice le très sérieux Henri Clouard.

La branche en question est en réalité morte d'elle-même, sous la simple action du temps ; ce n'est pas de notre faute si elle est en train de pourrir. Et il aurait suffi à tous ceux qui désespérément s'y cramponnent de lever une seule fois les yeux vers la cime de l'arbre pour constater que des branches nouvelles, vertes, vigoureuses, bien vivantes, ont grandi depuis longtemps. *Ulysse* et *le Château* ont déjà dépassé la trentaine. *Le Bruit et la Fureur* est paru en français depuis vingt ans. Bien d'autres ont suivi. Pour ne pas les voir, nos bons critiques ont, chaque fois, prononcé quelques-uns de leurs mots magiques : « avant-garde », « laboratoire », « anti-roman »... c'est-à-dire : « fermons les yeux et revenons aux saines valeurs de la tradition française ».

Le personnage

Nous en a-t-on assez parlé, du « personnage » ! Et ça ne semble, hélas, pas près de finir. Cinquante années de maladie, le constat de son décès enregistré à maintes reprises par les plus sérieux essayistes, rien n'a encore réussi à le faire tomber du piédestal où l'avait placé le XIXe siècle. C'est une momie à présent, mais qui trône toujours avec la même majesté — quoique postiche — au milieu des valeurs que révère la critique traditionnelle. C'est même là qu'elle reconnaît le « vrai » romancier : « il crée des personnages »...

26

Pour justifier le bien-fondé de ce point de vue, on utilise le raisonnement habituel : Balzac nous a laissé le Père Goriot, Dostoïevski a donné le jour aux Karamazov, écrire des romans ne peut plus donc être que cela : ajouter quelques figures modernes à la galerie de portraits que constitue notre histoire littéraire.

Un personnage, tout le monde sait ce que le mot signifie. Ce n'est pas un *il* quelconque, anonyme et translucide, simple sujet de l'action exprimée par le verbe. Un personnage doit avoir un nom propre, double si possible : nom de famille et prénom. Il doit avoir des parents, une hérédité. Il doit avoir une profession. S'il a des biens, cela n'en vaudra que mieux. Enfin il doit posséder un « caractère », un visage qui le reflète, un passé qui a modelé celui-ci et celui-là. Son caractère dicte ses actions, le fait réagir de façon déterminée à chaque événement. Son caractère permet au lecteur de le juger, de l'aimer, de le haïr. C'est grâce à ce caractère qu'il léguera un jour son nom à un type humain, qui attendait, dirait-on, la consécration de ce baptême.

Car il faut à la fois que le personnage soit unique et qu'il se hausse à la hauteur d'une catégorie. Il lui faut assez de particularité pour demeurer irremplaçable, et assez de généralité pour devenir universel. On pourra, pour varier un peu, pour se donner quelque impression de liberté, choisir un héros qui paraisse transgresser l'une de ces règles : un enfant trouvé, un oisif, un fou, un homme dont le caractère incertain ménage çà et là une petite surprise... On n'exagérera pas, cependant, dans cette voie : c'est celle de la perdition, celle qui conduit tout droit au roman moderne.

Aucune des grandes œuvres contemporaines ne correspond en effet sur ce point aux normes de la critique. Combien de lecteurs se rappellent le nom du narrateur dans *la Nausée* ou dans *l'Etranger* ? Y a-t-il là des types humains ? Ne serait-ce pas au contraire la pire absurdité que de considérer ces livres comme des études de caractère ? Et le *Voyage au bout de la nuit*, décrit-il un personnage ? Croit-on d'ailleurs que c'est par hasard que ces trois romans sont écrits à la première personne ? Beckett change le nom et la forme de son héros dans le cours d'un même récit. Faulkner donne exprès le même nom à deux personnes différentes. Quant au K. du *Château*, il se contente d'une initiale, il ne possède rien, il n'a pas de famille, pas de visage ; probablement même n'est-il pas du tout arpenteur.

On pourrait multiplier les exemples. En fait, les créateurs de personnages, au sens traditionnel, ne réussissent plus à nous proposer que des fantoches auxquels eux-mêmes ont cessé de croire. Le roman de personnages appartient bel et bien au passé, il caractérise une époque : celle qui marqua l'apogée de l'individu.

Peut-être n'est-ce pas un progrès, mais il est certain que l'époque actuelle est plutôt celle du numéro matricule. Le destin du monde a cessé, pour nous, de s'identifier à l'ascension ou à la chute de quelques hommes, de quelques familles. Le monde lui-même n'est plus cette propriété privée, héréditaire et monnayable, cette sorte de proie, qu'il s'agissait moins de connaître que de conquérir. Avoir un nom, c'était très important sans doute au temps de la bourgeoisie balzacienne. C'était important, un caractère, d'autant plus important qu'il était davantage l'arme d'un corps-à-corps, l'espoir d'une réussite, l'exercice d'une domination. C'était quelque chose d'avoir un visage dans un univers où la personnalité représentait à la fois le moyen et la fin de toute recherche.

Notre monde, aujourd'hui, est moins sûr de lui-même, plus modeste peut-être puisqu'il a renoncé à la toute-puissance de la personne, mais plus ambitieux aussi puisqu'il regarde au-delà. Le culte exclusif de « l'humain » a fait place à une prise de conscience plus vaste, moins anthropocentriste. Le roman paraît chanceler, ayant perdu son meilleur soutien d'autrefois, le héros. S'il ne parvient pas à s'en remettre, c'est que sa vie était liée à celle d'une société maintenant révolue. S'il y parvient, au contraire, une nouvelle voie s'ouvre pour lui, avec la promesse de nouvelles découvertes.

L'histoire.

Un roman, pour la plupart des amateurs — et des critiques —, c'est avant tout une « histoire ». Un vrai romancier, c'est celui qui sait « raconter une histoire ». Le bonheur de conter, qui le porte d'un bout à l'autre de son ouvrage, s'identifie à sa vocation d'écrivain. Inventer des péripéties palpitantes, émouvantes, dramatiques, constitue à la fois son allégresse et sa justification.

Aussi, faire la critique d'un roman, cela se ramène souvent à en rapporter l'anecdote, plus ou moins brièvement, selon que l'on dispose de six colonnes ou de deux, en s'étendant plus ou moins sur les passages essentiels : les nœuds et dénouements de l'intrigue. Le jugement porté sur le livre consistera surtout en une appréciation de la cohérence de celle-ci, de son déroulement, de son équilibre, des attentes ou des surprises qu'elle ménage au lecteur haletant. Un trou dans le récit, un épisode mal amené, une rupture d'intérêt, un piétinement, seront les défauts majeurs du livre ; la vivacité et la rondeur ses plus hautes qualités.

De l'écriture il ne sera jamais question. On louera seulement le romancier de s'exprimer en langage correct, de façon agréable, colorée, évocatrice... Ainsi l'écriture ne serait plus qu'un moyen, une manière ; le fond du roman, sa raison d'être, ce qu'il y a dedans, serait simplement l'histoire qu'il raconte.

Cependant, depuis les gens sérieux (ceux qui admettent que la littérature ne doit pas être une simple distraction) jusqu'aux amateurs des pires niaiseries sentimentales, policières ou exotiques, tout le monde a l'habitude d'exiger de l'anecdote une qualité particulière. Il ne lui suffit pas d'être plaisante, ou extraordinaire, ou captivante ; pour avoir son poids de vérité humaine, il lui faut encore réussir à persuader le lecteur que les aventures dont on lui parle sont arrivées vraiment à des personnages réels, et que le romancier se borne à rapporter, à transmettre, des événements dont il a été le témoin. Une convention tacite s'établit entre le lecteur et l'auteur : celui-ci fera semblant de croire à ce qu'il raconte, celui-là oubliera que tout est inventé et feindra d'avoir affaire à un document, à une biographie, à une quelconque histoire vécue. Bien raconter, c'est donc faire ressembler ce que l'on écrit aux schémas préfabriqués dont les gens ont l'habitude, c'est-à-dire à l'idée toute faite qu'ils ont de la réalité.

Ainsi, quels que soient l'imprévu des situations, les accidents, les rebondissements fortuits, il faudra que le récit coule sans heurts, comme de lui-même, avec cet élan irrépressible qui emporte d'un coup l'adhésion. La moindre hésitation, la plus petite étrangeté (deux éléments, par exemple, qui se contredisent, ou qui s'enchaînent mal) et voilà que le flot romanesque cesse de porter le lecteur, qui soudain se demande si l'on n'est pas en train de lui « raconter des histoires », et qui menace de revenir aux témoignages authentiques, pour lesquels au moins il n'aura pas à se poser de questions sur la vraisemblance des choses. Plus encore que de distraire, il s'agit ici de rassurer.

Enfin, s'il veut que l'illusion soit complète, le romancier sera toujours censé en savoir plus qu'il n'en dit ; la notion de « tranche de vie » montre bien l'étendue des connaissances qu'on lui suppose sur ce qui s'est passé avant et après. A l'intérieur même de la durée qu'il décrit, il devra donner l'impression de ne fournir ici que le principal, mais de pouvoir, si le lecteur le réclamait, en raconter bien davantage. La matière romanesque, à l'image de la réalité, doit paraître inépuisable.

Ressemblante, spontanée, sans limite, l'histoire doit, en un mot, être naturelle. Malheureusement, même en admettant qu'il y ait encore quelque chose de « naturel » dans les rapports de l'homme et du monde, il s'avère que l'écriture, comme toute forme d'art, est au contraire une intervention. Ce qui fait la force du romancier, c'est justement qu'il invente, qu'il invente en toute liberté, sans modèle. Le récit moderne a ceci de remarquable : il affirme de propos délibéré ce caractère, à tel point même que l'invention, l'imagination, deviennent à la limite le sujet du livre.

Et sans doute une pareille évolution ne constitue-t-elle qu'un des aspects du changement général des relations que l'homme entretient avec le monde dans lequel il vit. Le récit, tel que le conçoivent nos critiques académiques — et bien des lecteurs à leur suite — représente un ordre. Cet ordre, que l'on peut en effet qualifier de naturel, est lié à tout un système, rationaliste et organisateur, dont l'épanouissement correspond à la prise du pouvoir par la classe bourgeoise. En cette première moitié du XIXe siècle, qui vit l'apogée — avec *la Comédie humaine* — d'une forme narrative dont on comprend qu'elle demeure pour beaucoup comme un paradis perdu du roman, quelques certitudes importantes avaient cours : la confiance en particulier dans une logique des choses juste et universelle.

Tous les éléments techniques du récit — emploi systématique du passé simple et de la troisième personne, adoption sans condition du déroulement chronologique, intrigues linéaires, courbe régulière des passions, tension de chaque épisode vers une fin, etc. —, tout visait à imposer l'image d'un univers stable, cohérent, continu, univoque, entièrement déchiffrable. Comme l'intelligibilité du monde n'était même pas mise en question, raconter ne posait pas de problème. L'écriture romanesque pouvait être innocente.

Mais voilà que, dès Flaubert, tout commence à vaciller. Cent ans plus tard, le système entier n'est plus qu'un souvenir ; et c'est à ce souvenir, à ce système mort, que l'on voudrait à toute force tenir le roman enchaîné. Pourtant, là encore, il suffit de lire les grands romans du début de notre siècle pour constater que, si la désagrégation de l'intrigue n'a fait que se préciser au cours des dernières années, elle avait déjà cessé depuis longtemps de constituer l'armature du récit. Les exigences de l'anecdote sont sans aucun doute moins contraignantes pour Proust que pour Flaubert, pour Faulkner que pour Proust, pour Beckett que pour Faulkner... Il s'agit désormais d'autre chose. Raconter est devenu proprement impossible.

Cependant, c'est un tort de prétendre qu'il ne se passe plus rien dans les romans modernes. De même qu'il ne faut pas conclure à l'absence de l'homme sous prétexte que le personnage traditionnel a disparu, il ne faut pas assimiler la recherche de nouvelles structures du récit à une tentative de suppression pure et simple de tout événement, de toute passion, de toute aventure. Les livres de Proust et de Faulkner sont en fait bourrés d'histoires ; mais, chez le premier, elles se dissolvent pour se recomposer au profit d'une architecture mentale du temps ; tandis que, chez le second, le développement des thèmes et leurs associations multiples bouleversent toute chronologie au point de paraître souvent réenfouir, noyer au fur et à mesure ce que le récit vient de révéler. Chez Beckett lui-même, il ne manque pas d'événements, mais qui sont sans cesse en train de se contester, de se mettre en doute, de se détruire, si bien que la même phrase peut contenir une constatation et sa négation immédiate. En somme ce n'est pas l'anecdote qui fait défaut, c'est seulement son caractère de certitude, sa tranquillité, son innocence.

Et, s'il m'est permis de citer mes propres œuvres après ces illustres devanciers, je ferai remarquer que *les Gommes* ou *le Voyeur* comportent l'un comme l'autre une trame, une « action », des plus facilement discernables, riche par surcroît d'éléments considérés en général comme dramatiques. S'ils ont au début semblé désamorcés à certains lecteurs, n'est-ce pas simplement parce que le mouvement de l'écriture y est plus important que celui des passions et des crimes ? Mais j'imagine sans mal que dans quelques dizaines d'années — plus tôt peut-être — lorsque cette écriture, assimilée, en voie de devenir académique, passera inaperçue à son tour, et qu'il s'agira bien entendu pour les jeunes romanciers de faire autre chose, la critique d'alors, trouvant une fois de plus qu'il ne se passe rien dans leurs livres, leur reprochera leur manque d'imagination et leur montrera nos romans en exemple : « Voyez, diront-ils, comme, dans les années cinquante, on savait inventer des histoires ! »

L'engagement.

Puisque raconter pour distraire est futile et que raconter pour faire croire est devenu suspect, le romancier pense apercevoir une autre voie : raconter pour enseigner. Las de s'entendre déclarer avec condescendance par les gens assis : « Je ne lis plus de romans, j'ai passé l'âge, c'est bon pour les femmes (qui n'ont rien à faire), je préfère la réalité... » et autres niaiseries, le romancier va se rabattre sur la littérature didactique. Là au moins il espère retrouver l'avantage : la réalité est trop déroutante, trop ambiguë, pour que chacun puisse en tirer un enseignement. Lorsqu'il s'agit de prouver quelque chose (que ce soit montrer la misère de l'homme sans Dieu, expliquer le cœur féminin, ou faire naître des consciences de classe), l'histoire inventée doit reprendre ses droits : elle sera tellement plus convaincante !

Malheureusement, elle ne convainc plus personne ; du moment que le romanesque est suspect, il risquerait au contraire de jeter le discrédit sur la psychologie, la morale socialiste, la religion. Celui qui s'intéresse à ces disciplines lira des essais, c'est plus sûr. Encore une fois, la littérature est rejetée dans la catégorie du frivole. Le roman à thèse est même rapidement devenu un genre honni entre tous... On l'a pourtant vu, il y a quelques années, renaître à gauche sous de nouveaux habits : « l'engagement » ; et c'est aussi, à l'Est et avec des couleurs plus naïves, le « réalisme socialiste ».

Certes, l'idée d'une conjonction possible entre un renouveau artistique et une révolution politico-économique est de celles qui viennent le plus naturellement à l'esprit. Cette idée, séduisante dès l'abord du point de vue sentimental, semble de plus trouver appui dans la plus évidente logique. Cependant les problèmes que pose un tel accord sont graves et difficiles, urgents mais peut-être insolubles.

Au départ, le rapport paraît simple. D'une part les formes artistiques qui se sont succédé dans l'histoire des peuples nous apparaissent comme liées à tel ou tel type de société, à la prépondérance de telle classe, à l'exercice d'une oppression ou à l'éclosion d'une liberté. En France, par exemple, dans le domaine de la littérature, il n'est pas gratuit de voir une étroite relation entre la tragédie racinienne et l'épanouissement d'une aristocratie de cour, entre le roman balzacien et le triomphe de la bourgeoisie, etc.

Comme d'autre part on admet volontiers, même parmi nos conservateurs, que les grands artistes contemporains, écrivains ou peintres, appartiennent le plus souvent (ou ont appartenu du temps de leurs œuvres maîtresses) aux partis progressistes, on se laisse aller à construire ce schéma idyllique : l'Art et la Révolution avançant la main dans la main, luttant pour la même cause, traversant les mêmes épreuves, affrontant les mêmes dangers, opérant peu à peu les mêmes conquêtes, accédant enfin à la même apothéose.

Hélas, dès que l'on passe à la pratique, les choses se gâtent. Le moins que l'on puisse dire, aujourd'hui, c'est que les données du problème ne sont pas si simples. Chacun connaît les comédies et les drames qui ont troublé depuis cinquante ans, qui troublent encore, toutes les tentatives de réalisation du merveilleux mariage que l'on estimait à la fois d'amour et de raison. Comment pourrions-nous oublier les soumissions et les démissions successives, les brouilles retentissantes, les excommunications, les emprisonnements, les suicides ? Comment pourrions-nous ne pas voir ce que la peinture est devenue, pour ne citer qu'elle, dans les pays où la révolution a triomphé ? Comment ne pas sourire devant les accusations de « décadence », de « gratuité », de « formalisme », appliquées au hasard par les plus zélés des révolutionnaires à tout ce qui compte pour nous dans l'art contemporain ? Comment ne pas craindre de nous trouver nous-mêmes un jour prisonniers du même filet ?

Il est trop facile, disons-le tout de suite, d'accuser les mauvais chefs, la routine bureaucratique, l'inculture de Staline, la bêtise du parti communiste français. Nous savons par expérience qu'il est aussi délicat de plaider la cause de l'art auprès de n'importe quel homme politique, au sein de n'importe quelle formation progressiste. Avouons-le tout crûment : la Révolution socialiste se méfie de l'Art révolutionnaire et, qui plus est, il n'est pas évident qu'elle ait tort.

En effet, du point de vue de la révolution, tout doit concourir directement au but final : la libération du prolétariat... Tout, y compris la littérature, la peinture, etc. Mais pour l'artiste au contraire, et en dépit de ses convictions politiques les plus fermes, en dépit même de sa bonne volonté de militant, l'art ne peut être réduit à l'état de moyen au service d'une cause qui le dépasserait, celle-ci fût-elle la plus juste, la plus exaltante ; l'artiste ne met rien au-dessus de son travail, et il s'aperçoit vite qu'il ne peut créer que *pour rien ;* la moindre directive extérieure le paralyse, le moindre souci de didactisme, ou seulement de signification, lui est une insupportable gêne ; quel que soit son attachement au parti ou aux idées généreuses, l'instant de la création ne peut que le ramener aux seuls problèmes de son art.

Or, même au moment où l'art et la société, après des épanouissements comparables, semblent traverser des crises parallèles, il reste évident que les problèmes qu'ils posent, l'un et l'autre, ne sauraient être résolus de la même manière. Plus tard, sans doute, les sociologues découvriront dans les solutions de nouvelles similitudes. Mais, pour nous, en tout cas, nous devons reconnaître honnêtement, clairement, que le combat n'est pas le même ; et que, aujourd'hui comme toujours, il y a un antagonisme direct entre les deux points de vue. Ou bien l'art n'est rien ; et, dans ce cas, peinture, littérature, sculpture, musique, pourront être enrôlées au service de la cause révolutionnaire ; ce ne seront plus que des instruments, comparables aux armées motorisées, aux machines-outils, aux tracteurs agricoles ; seule comptera leur efficacité directe et immédiate.

Ou bien l'art continuera d'exister en tant qu'art ; et, dans ce cas, pour l'artiste au moins, il restera la chose *la plus importante au monde*. Vis-à-vis de l'action politique, il paraîtra toujours, alors, comme en retrait, inutile, voire franchement réactionnaire. Pourtant nous savons que, dans l'histoire des peuples, lui seul, cet art censément gratuit, trouvera sa place, aux côtés peut-être des syndicats ouvriers et des barricades.

En attendant, cette façon généreuse, mais utopique, de parler d'un roman, d'un tableau ou d'une statue comme s'ils pouvaient avoir le même poids dans l'action quotidienne qu'une grève, une mutinerie, ou le cri d'une victime dénonçant ses bourreaux, dessert à la fois, en fin de compte, et l'Art et la Révolution. Trop de telles confusions ont été commises, ces dernières années, au nom du réalisme socialiste. La totale indigence artistique des œuvres qui s'en réclament le plus n'est certes pas l'effet d'un hasard : c'est la notion même d'une œuvre créée *pour* l'expression d'un contenu social, politique, économique, moral, etc., qui constitue le mensonge.

Il nous faut donc maintenant, une fois pour toutes, cesser de prendre au sérieux les accusations de gratuité, cesser de craindre « l'art pour l'art » comme le pire des maux, récuser tout cet appareil terroriste que l'on brandit devant nous sitôt que nous parlons d'autre chose que de la lutte des classes ou de la guerre anti-colonialiste.

Tout cependant n'était pas a priori condamnable dans cette théorie soviétique dite du « réalisme socialiste ». En littérature, par exemple, ne s'agissait-il pas aussi de réagir contre une accumulation de fausse philosophie qui avait fini par tout envahir, de la poésie au roman ? S'opposant aux allégories métaphysiques, luttant aussi bien contre les arrière-mondes abstraits que celles-ci supposent que contre le délire verbal sans objet ou le vague sentimentalisme des passions, le réalisme socialiste pouvait avoir une saine influence.

Ici n'ont plus cours les idéologies trompeuses et les mythes. La littérature expose simplement la situation de l'homme et de l'univers avec lequel il est aux prises. En même temps que les « valeurs » terrestres de la société bourgeoise ont disparu les recours magiques, religieux ou philosophiques à tout « au-delà » spirituel de notre monde visible. Les thèmes, devenus à la mode, du désespoir et de l'absurde sont dénoncés comme des alibis trop faciles. Ainsi Ilya Ehrenburg ne craignait-il pas d'écrire au lendemain de la guerre : « L'angoisse est un vice bourgeois. Nous, nous reconstruisons. »

On était en droit d'espérer, devant de tels principes, que l'homme et les choses allaient être décrassés de leur *romantisme* systématique, pour reprendre ce terme cher à Lukacs, et qu'enfin ils pourraient être seulement *ce qu'ils sont.* La réalité ne serait plus sans cesse située ailleurs, mais *ici et maintenant,* sans ambiguïté. Le monde ne trouverait plus sa justification dans un sens caché, quel qu'il soit, son existence ne résiderait plus que dans sa présence concrète, solide, matérielle ; au-delà de ce que nous voyons (de ce que nous percevons par nos sens) il n'y aurait désormais plus rien.

Regardons maintenant le résultat. Que nous offre le réalisme socialiste ? Evidemment, cette fois, les bons sont les bons et les méchants sont les méchants. Mais, précisément, le souci d'évidence qu'ils y mettent n'a rien à voir avec ce que nous observons dans le monde. Quel progrès y a-t-il si, pour échapper au dédoublement des apparences et des essences, on tombe dans un manichéisme du bien et du mal ?

Il y a plus grave encore. Lorsque, dans des récits moins naïfs, on se trouve en face d'hommes vraisemblables, dans un monde complexe et doué d'une existence sensible, on s'aperçoit vite, malgré tout, que ce monde et ces hommes ont été construits en vue d'une interprétation. D'ailleurs leurs auteurs ne s'en cachent pas : il s'agit pour eux, avant tout, d'illustrer, avec le plus de précision possible, des comportements historiques, économiques, sociaux, politiques.

Or, du point de vue de la littérature, les vérités économiques, les théories marxistes sur la plus-value et l'usurpation sont aussi des arrière-mondes. Si les romans progressistes ne doivent avoir de réalité que par rapport à ces explications fonctionnelles du monde visible, préparées d'avances, éprouvées, reconnues, on voit mal quel pourrait être leur pouvoir de découverte ou d'invention ; et, surtout, ce ne serait une fois de plus qu'une nouvelle façon de refuser au monde sa qualité la plus sûre : le simple fait qu'il est là. Une explication, quelle qu'elle soit, ne peut être qu'en trop face à la présence des choses. Une théorie sur leur fonction sociale ne peut, si elle a présidé à leur description, qu'en brouiller le dessin, que les falsifier, au même titre exactement que les anciennes théories psychologiques et morales, ou le symbolisme des allégories.

Ce qui explique, en fin de compte, que le réalisme socialiste n'a besoin d'aucune recherche dans la forme romanesque, qu'il se méfie au plus haut point de toute nouveauté dans la technique des arts, que ce qui lui convient le mieux, on le voit chaque jour, est l'expression la plus « bourgeoise ».

Mais, depuis quelque temps, le malaise se fait sentir en Russie et dans les Républiques populaires. Les responsables sont en train de comprendre qu'ils ont fait fausse route, et qu'en dépit des apparences les recherches dites « de laboratoire » sur la structure et le langage du roman, même si elles ne passionnent d'abord que des spécialistes, ne sont peut-être pas aussi vaines qu'affecte de le croire le parti de la révolution.

Que reste-t-il alors de l'engagement ? Sartre, qui avait vu le danger de cette littérature moralisatrice, avait prêché pour une littérature *morale,* qui prétendait seulement éveiller des consciences politiques en posant les problèmes de notre société, mais qui aurait échappé à l'esprit de propagande en rétablissant le lecteur dans sa liberté. L'expérience a montré que c'était là encore une utopie :

dès qu'apparaît le souci de signifier quelque chose (quelque chose d'extérieur à l'art) la littérature commence à reculer, à disparaître.

Redonnons donc à la notion d'engagement le seul sens qu'elle peut avoir pour nous. Au lieu d'être de nature politique, l'engagement c'est, pour l'écrivain, la pleine conscience des problèmes actuels de son propre langage, la conviction de leur extrême importance, la volonté de les résoudre de l'intérieur. C'est là, pour lui, la seule chance de demeurer un artiste et, sans doute aussi, par voie de conséquence obscure et lointaine, de servir un jour peut-être à quelque chose — peut-être même à la révolution.

La forme et le contenu.

Une chose devrait troubler les partisans du réalisme socialiste, c'est la parfaite ressemblance de leurs arguments, de leur vocabulaire, de leurs valeurs, avec ceux des critiques bourgeois les plus endurcis. Par exemple lorsqu'il s'agit de séparer la « forme » d'un roman de son « contenu », c'est-à-dire d'opposer l'*écriture* (choix des mots et leur ordonnance, emploi des temps grammaticaux et des personnes, structure du récit, etc.) à l'anecdote qu'elle sert à rapporter (événements, actions des personnages, motivations de celles-ci, morale qui s'en dégage).

Seul l'enseignement diffère, entre la littérature académique de l'Occident et celle des pays de l'Est. Encore ne diffère-t-il pas autant que les uns et les autres le prétendent. L'histoire que l'on raconte demeure en tout cas (selon leur optique commune) la chose importante entre toutes ; le bon romancier reste celui qui invente de belles histoires ou qui les raconte mieux ; le « grand » roman enfin, ici comme là, c'est seulement celui dont la signification dépasse l'anecdote, la transcende vers une vérité humaine profonde, une morale ou une métaphysique.

Il est dès lors normal que l'accusation de « formalisme » soit l'une des plus graves dans la bouche de nos censeurs des deux bords. Cette fois encore, malgré qu'ils en aient, c'est une décision systématique sur le roman que le mot révèle ; et, cette fois encore, sous son air naturel, le système cache les pires abstractions — pour ne pas dire les pires absurdités. On peut en outre y déceler un certain mépris de la littérature, implicite, mais flagrant, qui étonne autant venant de ses défenseurs officiels — les conservateurs de l'art et de la tradition — que de ceux qui ont fait de la culture des masses leur cheval de bataille favori.

Qu'entendent-ils au juste par formalisme ? La chose est claire : ce serait un souci trop marqué de la forme — et, dans le cas précis, de la technique romanesque — aux dépens de l'histoire et de sa signification. Ce vieux bateau crevé — l'opposition scolaire de la forme et du fond — n'a donc pas encore fait naufrage ?

On dirait même que c'est tout le contraire, et que cette idée reçue sévit avec plus de virulence que jamais. Si l'on retrouve ce reproche de formalisme sous la plume des pires ennemis ici réconciliés (amateurs de belles-lettres et serviteurs de Jdanov), ce n'est évidemment pas le fait d'une rencontre fortuite ; ils sont d'accord au moins sur un point essentiel : refuser à l'art sa principale condition d'existence, la liberté. Les uns ne veulent voir dans la littérature qu'un instrument de plus au service de la révolution socialiste, les autres lui demandent avant tout d'exprimer ce vague humanisme qui a fait les beaux jours d'une société maintenant sur son déclin, dont ils sont les derniers défenseurs.

Dans les deux cas, il s'agit de réduire le roman à une signification qui lui est extérieure, il s'agit d'en faire un moyen pour atteindre quelque valeur qui le dépasse, quelque au-delà, spirituel ou terrestre, le Bonheur futur ou l'éternelle Vérité. Alors que, si l'art est quelque chose, il est *tout,* qu'il se suffit par conséquent à soi-même, et qu'il n'y a rien au-delà.

On connaît le dessin satirique russe où un hippopotame, dans la brousse, montre un zèbre à un autre hippopotame : « Tu vois, dit-il, ça, c'est du formalisme. » L'existence d'une œuvre d'art, son poids, ne sont pas à la merci de grilles d'interprétation qui coïncideraient, ou non, avec ses contours. L'œuvre d'art, comme le monde, est une forme vivante : elle *est,* elle n'a pas besoin de justification. Le zèbre est réel, le nier ne serait pas raisonnable, bien que ses rayures soient sans doute dépourvues de sens. Il en va de même pour une symphonie, une peinture, un roman : c'est dans leur forme que réside leur réalité.

Mais — et cela nos réalistes socialistes devraient y prendre garde — c'est aussi dans leur forme que réside leur sens, leur « signification profonde », c'est-à-dire leur contenu. Il n'y a pas, pour un écrivain, deux manières possibles d'écrire un même livre. Quand il pense à un roman futur, c'est toujours une écriture qui d'abord lui occupe l'esprit, et réclame sa main. Il a en tête des mouvements de phrases, des architectures, un vocabulaire, des constructions grammaticales, exactement comme un peintre a en tête des lignes et des couleurs. Ce qui se passera dans le livre vient après, comme secrété par l'écriture elle-même. Et, une fois l'œuvre terminée, ce qui frappera le lecteur, c'est encore cette forme qu'on affecte de mépriser, forme dont il ne pourra souvent pas dire le sens de façon précise, mais qui constituera pour lui le monde particulier de l'écrivain.

Que l'on fasse l'expérience avec n'importe quel ouvrage important de notre littérature. Prenons *l'Etranger,* par exemple. Il suffit d'en changer de peu le temps des verbes, de remplacer cette première personne du passé composé (dont l'emploi très inhabituel s'étend sur l'ensemble du récit) par l'ordinaire troisième personne du passé simple pour que l'univers de Camus disparaisse aussitôt, et tout l'intérêt de son livre ; comme il suffit de changer l'ordonnance des mots, dans *Madame Bovary,* pour qu'il ne reste plus rien de Flaubert.

D'où la gêne que nous éprouvons devant les romans « engagés » qui se prétendent révolutionnaires parce qu'ils mettent en scène la condition ouvrière et les problèmes du socialisme. Leur forme littéraire, qui date le plus souvent d'avant 1848, en fait les plus attardés des romans bourgeois : leur signification réelle, parfaitement sensible à la lecture, les valeurs qui s'en dégagent, sont exactement identiques à celles de notre XIXe siècle capitaliste, avec ses idéaux humanitaires, sa morale, son mélange de rationalisme et de spiritualité.

C'est donc bien l'écriture, et elle seule, qui est « responsable », pour reprendre ce mot qu'emploient volontiers, à tort et à travers, ceux qui nous accusent de mal nous acquitter de notre mission d'écrivains. Parler du contenu d'un roman comme d'une chose indépendante de sa forme, cela revient à rayer le genre entier du domaine de l'art. Car l'œuvre d'art ne contient rien, au sens strict du terme (c'est-à-dire comme une boîte peut renfermer, ou non, à l'intérieur, quelque objet de nature étrangère). L'art n'est pas une enveloppe aux couleurs plus ou moins brillantes chargée d'ornementer le « message » de l'auteur, un papier doré autour d'un paquet de biscuits, un enduit sur un mur, une sauce qui fait passer le poisson. L'art n'obéit à aucune servitude de ce genre, ni d'ailleurs à aucune autre fonction préétablie. Il ne s'appuie sur aucune vérité qui existerait avant lui ; et l'on peut dire qu'il n'exprime rien que lui-même. Il crée lui-même son propre équilibre et pour lui-même son propre sens. Il tient debout tout seul, comme le zèbre ; ou bien il tombe.

On voit ainsi l'absurdité de cette expression favorite de notre critique traditionnelle : « Untel a quelque chose à dire et il le dit bien. » Ne pourrait-on avancer au contraire que le véritable écrivain n'a rien à dire ? Il a seulement une manière de dire. Il doit créer un monde, mais c'est à partir de rien, de la poussière...

C'est alors le reproche de « gratuité » que l'on nous oppose, sous prétexte que nous affirmons notre non-dépendance. L'art pour l'art n'a pas bonne presse : cela fait penser au jeu, aux jongleries, au dilettantisme. Mais la *nécessité,* à quoi l'œuvre d'art se reconnaît, n'a rien à voir avec l'utilité. C'est une nécessité tout intérieure, qui apparaît évidemment comme gratuité lorsque le système de référence est fixé du dehors : vis-à-vis de la révolution, par exemple, nous l'avons dit, l'art le plus haut peut sembler une entreprise secondaire, dérisoire même.

C'est là que réside la difficulté — on serait tenté d'écrire l'impossibilité — de la création : l'œuvre doit s'imposer comme nécessaire, mais nécessaire *pour rien ;* son architecture est sans emploi ; sa force est une force inutile. Si ces évidences passent aujourd'hui pour des paradoxes, lorsqu'il s'agit du roman, alors que chacun les admet sans peine pour la musique, c'est seulement à cause de ce qu'il faut bien appeler l'*aliénation* de la littérature dans le monde moderne. Cette aliénation, que les écrivains eux-mêmes subissent la plupart du temps sans même s'en rendre compte, est entretenue par la quasi-totalité de la critique, à commencer par celle d'une extrême-gauche qui prétend, dans tous les autres domaines, lutter contre la condition aliénée de l'homme. Et nous voyons que la situation est encore pire dans les pays socialistes, où la libération des travailleurs est, dit-on, chose accomplie.

Comme toute aliénation, celle-ci opère bien entendu une inversion générale des valeurs comme du vocabulaire, si bien qu'il devient fort difficile de réagir et que l'on hésite à employer les mots dans leur acception normale. Ainsi en va-t-il pour ce terme de « formalisme ». Pris dans son sens péjoratif, il ne devrait en effet s'appliquer — comme l'a fait remarquer Nathalie Sarraute — qu'aux romanciers trop soucieux de leur « contenu », qui, pour mieux le faire entendre, s'éloignent volontairement de toute recherche d'écriture risquant de déplaire ou de surprendre : ceux qui, précisément, adoptent une forme — un moule — qui a fait ses preuves, mais qui a perdu toute force, toute vie. Ils sont formalistes parce qu'ils ont accepté une forme toute faite, sclérosée, qui n'est plus qu'une formule, et parce qu'ils s'accrochent à cette carcasse sans chair.

Le public à son tour associe volontiers le souci de la forme à la froideur. Mais cela n'est plus vrai du moment que la forme est invention, et non recette. Et la froideur, comme le formalisme, se trouve bel et bien du côté du respect des règles mortes. Quant à tous les grands romanciers depuis plus de cent ans, nous savons par leurs journaux et leurs correspondances que le soin constant de leur travail, ce qui a été leur passion, leur exigence la plus spontanée, leur vie, ce fut justement cette forme, par quoi leur œuvre a survécu.

NATURE, HUMANISME, TRAGÉDIE

(1958)

> La tragédie n'est qu'un moyen de recueillir
> le malheur humain, de le subsumer, donc de
> le justifier sous la forme d'une nécessité, d'une
> sagesse ou d'une purification : refuser cette
> récupération et rechercher les moyens techniques
> de ne pas y succomber traîtreusement (rien
> n'est plus insidieux que la tragédie) est aujour-
> d'hui une entreprise nécessaire.
>
> Roland BARTHES.

Il y a deux ans déjà, essayant de définir la direction d'une recherche romanesque encore hésitante, j'admettais comme un point acquis « la destitution des vieux mythes de la profondeur ». Les réactions très vives de la critique presque unanime, les objections de nombreux lecteurs apparemment de bonne foi, les réserves formulées par plusieurs amis sincères m'ont bien montré que c'était aller trop vite en besogne. Mis à part quelques esprits engagés eux-mêmes dans des recherches comparables — artistiques, littéraires ou philosophiques —, personne ne voulait admettre qu'une telle affirmation n'entraînait pas nécessairement la négation de l'homme. La fidélité aux vieux mythes se révélait, en fait, assez tenace.

Que des écrivains aussi différents que François Mauriac et André Rousseaux, par exemple, s'accordassent à dénoncer dans la description exclusive des « surfaces » une mutilation gratuite, un aveuglement de jeune révolté, une sorte de désespoir stérile qui conduisait à la destruction de l'art, cela paraissait néanmoins dans l'ordre. Plus inattendue, plus inquiétante, était la position — identique sous maints rapports — de certains matérialistes qui se référaient, pour juger mon entreprise, à des « valeurs » ressemblant à s'y méprendre aux valeurs traditionnelles de la chrétienté. Il ne s'agissait cependant pas, pour eux, d'un parti pris confessionnel. Mais, ici comme là, on posait en principe l'indéfectible solidarité entre notre esprit et le monde, on ramenait l'art à son rôle « naturel », rassurant, de médiateur ; et l'on me condamnait au nom de l' « humain ».

Enfin j'étais bien naïf, disait-on, de prétendre nier cette profondeur : mes propres livres n'avaient d'intérêt, n'étaient lisibles, que dans la mesure — mesure d'ailleurs controversée — où ils en étaient à mon insu l'expression.

Qu'il n'y ait qu'un parallélisme assez lâche entre les trois romans que j'ai publiés à ce jour et mes vues théoriques sur un possible roman futur, c'est l'évidence même. Chacun estimera, du reste, normal qu'un livre de deux ou trois cents pages ait plus de complexité qu'un article de dix ; et, aussi, qu'il soit plus facile d'indiquer une direction nouvelle que de la suivre, sans qu'un échec — partiel ou même total — soit une preuve décisive, définitive, de l'erreur commise au départ.

Enfin, il faut ajouter que le propre de l'humanisme, chrétien ou non, est précisément de *tout* récupérer, y compris ce qui tente de lui tracer des limites, voire de le récuser dans son ensemble. C'est même là un des plus sûrs ressorts de son fonctionnement.

Il n'est pas question de vouloir me justifier à tout prix : je cherche seulement à y voir plus clair. Les prises de position citées plus haut m'y aident de façon notable. Ce que j'entreprends au-

jourd'hui, c'est moins de réfuter leurs arguments que d'en préciser
la portée, et de préciser en même temps ce qui me sépare de tels
points de vue. Il est toujours vain d'engager une polémique ; mais,
si un véritable dialogue est possible, il faut au contraire en saisir
l'occasion. Et, si le dialogue n'est pas possible, il est important
de savoir pourquoi. De toute manière, nous portons sans doute,
les uns comme les autres, assez d'intérêt à ces problèmes pour
qu'il vaille la peine d'en reparler, sans ménagements.

N'y aurait-il pas, tout d'abord, dans ce terme d'*humain* qu'on
nous jette au visage, quelque supercherie ? Si ce n'est pas un
mot vide de sens, quel sens possède-t-il au juste ?

Il semble que ceux qui l'utilisent à tout propos, ceux qui en
font l'unique critère de tout éloge comme de tout reproche, confon-
dent — volontairement peut-être — la réflexion précise (et limitée)
sur l'homme, sa situation dans le monde, les phénomènes de son
existence, avec une certaine atmosphère anthropocentrique, vague
mais baignant toutes choses, donnant à toute chose sa prétendue
signification, c'est-à-dire l'investissant de l'intérieur par un réseau
plus ou moins sournois de sentiments et de pensées. En simpli-
fiant la position de nos nouveaux inquisiteurs, on peut résumer
celle-ci en deux phrases ; si je dis : « Le monde c'est l'homme »,
j'obtiendrai toujours l'absolution ; tandis que si je dis : « Les choses
sont les choses, et l'homme n'est que l'homme », je suis aussitôt
reconnu coupable de crime contre l'humanité.

Le crime, c'est d'affirmer qu'il existe quelque chose, dans le
monde, qui n'est pas l'homme, qui ne lui adresse aucun signe,
qui n'a rien de commun avec lui. Le crime, surtout, selon leur
optique, c'est de constater cette séparation, cette distance, sans
chercher à opérer sur elle la moindre sublimation.

Que pourrait être, autrement, une œuvre « inhumaine » ?
Comment, en particulier, un roman qui met en scène un homme
et s'attache de page en page à chacun de ses pas, ne décrivant
que ce qu'il fait, ce qu'il voit, ou ce qu'il imagine, pourrait-il être

accusé de se détourner de l'homme ? Et ce n'est pas le personnage lui-même, précisons-le tout de suite, qui est en cause dans ce jugement. En tant que « personnage », en tant qu'individu animé de tourments et de passions, personne ne lui reprochera jamais d'être inhumain, même s'il est un fou sadique et un criminel — au contraire, même, dirait-on.

Mais voilà que l'œil de cet homme se pose sur les choses avec une insistance sans mollesse : il les voit, mais il refuse de se les approprier, il refuse d'entretenir avec elles aucune entente louche, aucune connivence ; il ne leur demande rien ; il n'éprouve à leur égard ni accord ni dissentiment d'aucune sorte. Il peut, d'aventure, en faire le support de ses passions, comme de son regard. Mais son regard se contente d'en prendre les mesures ; et sa passion, de même, se pose à leur surface, sans vouloir les pénétrer puisqu'il n'y a rien à l'intérieur, sans feindre le moindre appel, car elles ne répondraient pas.

Condamner, au nom de l'humain, le roman qui met en scène un tel homme, c'est donc adopter le point de vue *humaniste,* selon lequel il ne suffit pas de montrer l'homme là où il est : il faut encore proclamer que l'homme est partout. Sous prétexte que l'homme ne peut prendre du monde qu'une connaissance subjective, l'humanisme décide de choisir l'homme comme justification de tout. Véritable pont d'âme jeté entre l'homme et les choses, le regard de l'humanisme est avant tout le gage d'une solidarité.

Dans le domaine littéraire, l'expression de cette solidarité apparaît surtout comme la recherche, érigée en système, des rapports analogiques.

La métaphore, en effet, n'est jamais une figure innocente. Dire que le temps est « capricieux » ou la montagne « majestueuse », parler du « cœur » de la forêt, d'un soleil « impitoyable », d'un village « blotti » au creux du vallon, c'est, dans une certaine mesure, fournir des indications sur les choses elles-mêmes : forme, dimensions, situation, etc. Mais le choix d'un vocabulaire analogique, pourtant simple, fait déjà autre chose que rendre compte de données physiques pures, et ce qui s'y trouve en plus ne peut guère être porté au seul crédit des belles-lettres. La hauteur de la montagne prend, qu'on le veuille ou non, une valeur morale ; la chaleur du soleil devient le résultat d'une volonté... Dans la quasi-totalité de notre littérature contemporaine, ces analogies anthropomorphistes se répètent avec trop d'insistance, trop de cohérence, pour ne pas révéler tout un système métaphysique.

Plus ou moins consciemment, il ne peut s'agir, pour les écrivains qui usent d'une semblable terminologie, que d'établir un rapport constant entre l'univers et l'être qui l'habite. Ainsi les sentiments de l'homme sembleront tour à tour naître de ses contacts avec le monde et trouver en celui-ci leur correspondance naturelle, si ce n'est leur épanouissement.

La métaphore, qui est censée n'exprimer qu'une comparaison sans arrière-pensée, introduit en fait une communication souterraine, un mouvement de sympathie (ou d'antipathie) qui est sa véritable raison d'être. Car, en tant que comparaison, elle est presque toujours une comparaison inutile, qui n'apporte rien de nouveau à la description. Que perdrait le village à être seulement « situé » au creux du vallon ? Le mot « blotti » ne nous donne aucun renseignement complémentaire. En revanche il transporte le lecteur (à la suite de l'auteur) dans l'âme supposée du village ; si j'accepte le mot « blotti », je ne suis plus tout à fait spectateur ; je deviens moi-même le village, pendant la durée d'une phrase, et le creux du vallon fonctionne comme une cavité où j'aspire à disparaître.

Se basant sur cette adhésion possible, les défenseurs de la métaphore répondront qu'elle possède ainsi un avantage : celui de rendre sensible un élément qui ne l'était pas. Devenu lui-même village — disent-ils —, le lecteur participe à la situation de celui-ci, donc la comprend mieux. De même pour la montagne : je la ferai mieux voir en écrivant qu'elle est majestueuse qu'en mesurant l'angle apparent sous lequel mon regard enregistre sa hauteur... Et cela est vrai, quelquefois, mais comporte toujours un plus grave revers : c'est justement cette participation qui est fâcheuse, puisqu'elle conduit à la notion d'une unité cachée.

Il faut même ajouter que le surcroît de valeur descriptive n'est ici qu'un alibi : les vrais amateurs de métaphore ne visent qu'à imposer l'idée d'une communication. S'ils ne disposaient pas du verbe « se blottir », ils ne parleraient même pas de la position du village. La hauteur de la montagne ne serait rien pour eux, si elle n'offrait le spectacle moral de la « majesté ».

Un tel spectacle, pour eux, ne reste jamais entièrement *extérieur*. Il implique toujours plus ou moins un don reçu par l'homme : les choses autour de lui sont comme les fées des contes, qui apportaient chacune au nouveau-né un des traits de son caractère futur en cadeau. La montagne m'aurait peut-être ainsi, la première, communiqué le sentiment du majestueux — voilà ce qu'on m'insinue. Ce sentiment se serait ensuite développé en moi et, par foisonnement, en aurait engendré d'autres : magnificence, prestige, héroïsme, noblesse, orgueil. A mon tour je les reporterais sur d'autres objets, même de taille plus médiocre (je parlerais d'un chêne orgueilleux, d'un vase aux lignes pleines de noblesse...) et le monde deviendrait le dépositaire de toutes mes aspirations à la grandeur, serait à la fois leur image et leur justification, pour l'éternité.

Il en irait de même pour chaque sentiment, et dans ces incessants échanges, multipliés à l'infini, je ne saurais plus retrouver l'origine de rien. La majesté se situait-elle d'abord en moi, ou devant moi ? La question elle-même perdrait son sens. Seule demeurerait entre le monde et moi une sublime communion.

Puis, avec l'habitude, j'irais facilement beaucoup plus loin. Le principe de cette communion une fois admis, je parlerais de la tristesse d'un paysage, de l'indifférence d'une pierre, de la fatuité d'un seau à charbon. Ces nouvelles métaphores ne fournissent plus de renseignements appréciables sur les objets soumis à mon examen, mais le monde des choses aura été si bien contaminé par mon esprit qu'il sera désormais susceptible de n'importe quelle émotion, de n'importe quel trait de caractère. J'oublierai que c'est moi, moi seul, qui éprouve la tristesse ou la solitude ; ces éléments affectifs seront bientôt considérés comme la *réalité profonde* de l'univers matériel, la seule réalité — censément — digne de retenir sur lui mon attention.

Il s'agit donc de beaucoup plus que de décrire notre conscience en nous servant des choses comme d'un matériau, de même que l'on peut construire une cabane avec des rondins de bois. Confondre de cette façon ma propre tristesse avec celle que je prête à un paysage, admettre ce lien comme non superficiel, c'est reconnaître du même coup pour ma vie présente une certaine prédestination : ce paysage existait *avant* moi ; si c'est vraiment *lui* qui est triste, il l'était *déjà* avant moi, et cet accord que je ressens aujourd'hui entre sa forme et mon état d'âme m'attendait bien avant ma naissance ; cette tristesse m'était destinée depuis toujours...

On voit à quel point l'idée d'une *nature* humaine peut être liée au vocabulaire analogique. Cette nature, commune à tous les hommes, éternelle et inaliénable, n'a plus besoin d'un Dieu pour la fonder. Il suffit de savoir que le mont Blanc m'attend au cœur des Alpes depuis l'ère tertiaire, et avec lui toutes mes idées de grandeur et de pureté !

Cette nature, par surcroît, n'appartient pas seulement à l'homme, puisqu'elle constitue le lien entre son esprit et les choses : c'est bien à une essence commune pour toute la « création » que nous sommes conviés à croire. L'univers et moi, nous n'avons plus qu'une seule âme, qu'un seul secret.

La croyance en une nature se révèle ainsi comme la source de tout humanisme, au sens habituel du mot. Et ce n'est pas l'effet d'un hasard si la Nature justement — minérale, végétale, animale — s'est trouvée la première chargée de vocabulaire anthropomorphique. Cette Nature, montagne, mer, forêt, désert, vallon, c'est à la fois notre modèle et notre cœur. Elle est, en même temps, en nous et en face de nous. Elle n'est ni provisoire ni contingente. Elle nous pétrifie, nous juge et assure notre salut.

Refuser notre prétendue « nature » et le vocabulaire qui en perpétue le mythe, poser les objets comme purement extérieurs et superficiels, ce n'est pas — comme on l'a dit — nier l'homme ; mais c'est repousser l'idée « pananthropique » contenue dans l'humanisme traditionnel, comme probablement dans tout humanisme. Ce n'est, en fin de compte, que conduire dans ses conséquences logiques la revendication de ma liberté.

Aussi rien ne doit-il être négligé dans l'entreprise de nettoyage. En y regardant de plus près, on s'aperçoit que les analogies anthropocentristes (mentales ou viscérales) ne doivent pas être mises seules en cause. *Toutes* les analogies sont aussi dangereuses. Peut-être même les plus dangereuses sont-elles les plus sournoises, celles où l'homme n'est pas nommé.

Donnons des exemples, au hasard... Retrouver dans le ciel la forme d'un cheval, cela peut encore relever de la simple description et ne pas tirer à conséquence. Mais parler du « galop » d'un nuage, ou de sa « crinière échevelée », ce n'est déjà plus tout à fait innocent. Car, si un nuage (ou une vague, ou une colline) possède une crinière, si plus loin la crinière d'un étalon « lance des flèches », si la flèche..., etc., le lecteur de telles images sortira de l'univers des formes pour se trouver plongé dans un univers de significations. Entre la vague et le cheval, il sera invité à concevoir une profondeur indivise : fougue, fierté, puissance, sauvagerie... L'idée d'une nature mène infailliblement à celle d'une nature commune à toutes choses, c'est-à-dire *supérieure*. L'idée d'une intériorité conduit toujours à celle d'un dépassement.

Et la tache s'étend de proche en proche : de l'arc au cheval, du cheval à la vague — et de la mer à l'amour. La nature commune, une fois de plus, ne pourra être que l'éternelle réponse à la *seule question* de notre civilisation gréco-chrétienne ; le Sphinx est devant moi, il m'interroge, je n'ai même pas à essayer de comprendre les termes de l'énigme qu'il me propose, il n'y a qu'une réponse possible, une seule réponse à tout : l'homme.

Eh bien, non.

Il y a *des* questions, et *des* réponses. L'homme est seulement, de son propre point de vue, le seul témoin.

L'homme regarde le monde, et le monde ne lui rend pas son regard. L'homme voit les choses et il s'aperçoit, maintenant, qu'il peut échapper au pacte métaphysique que d'autres avaient conclu pour lui, jadis, et qu'il peut échapper du même coup à l'asservissement et à la peur. Qu'il peut..., qu'il *pourra,* du moins, un jour.

Il ne refuse pas pour cela tout contact avec le monde ; il accepte au contraire de l'utiliser pour des fins matérielles : un ustensile, en tant qu'ustensile, n'a jamais de profondeur ; un ustensile est entièrement forme et matière — et destination.

L'homme saisit son marteau (ou une pierre qu'il a choisie) et il frappe sur un pieu qu'il veut enfoncer. Pendant qu'il l'utilise ainsi, le marteau (ou le caillou) n'est que forme et matière : son poids, sa surface de frappe, son autre extrémité qui permet de le saisir. L'homme, ensuite, repose l'outil devant soi ; s'il n'en a plus besoin, le marteau n'est plus qu'une chose parmi les choses : hors de son usage, il n'a pas de signification.

Et cette absence de signification, l'homme d'aujourd'hui (ou de demain...) ne l'éprouve plus comme un manque, ni comme un déchirement. Devant un tel vide, il ne ressent désormais nul vertige. Son cœur n'a plus besoin d'un gouffre où se loger.

Car, s'il refuse la communion, il refuse aussi la tragédie.

La *tragédie* peut être définie, ici, comme une tentative de récupération de la distance, qui existe entre l'homme et les choses, en tant que valeur nouvelle ; ce serait en somme une épreuve, où la victoire consisterait à être vaincu. La tragédie apparaît donc comme la dernière invention de l'humanisme pour ne rien laisser échapper : puisque l'accord entre l'homme et les choses a fini par être dénoncé, l'humaniste sauve son empire en instaurant aussitôt une nouvelle forme de solidarité, le divorce lui-même devenant une voie majeure pour la rédemption.

C'est presque encore une communion, mais *douloureuse,* perpétuellement en instance et toujours reportée, dont l'efficacité est proportionnelle au caractère inaccessible. C'est un *envers,* c'est un piège — et c'est une falsification.

On voit en effet à quel point cette sorte d'union est pervertie : au lieu d'être la recherche d'un bien, elle est cette fois la bénédiction d'un mal. Le malheur, l'échec, la solitude, la culpabilité, la folie, tels sont les accidents de notre existence qu'on voudrait nous faire accueillir comme les meilleurs gages de notre salut. Accueillir, non pas accepter : il s'agit de les nourrir à nos dépens tout en continuant de lutter contre eux. Car la tragédie ne comporte ni vraie acceptation, ni refus véritable. Elle est la sublimation d'une différence.

Retraçons, à titre d'exemple, le fonctionnement de la « solitude ». J'appelle. Personne ne me répond. Au lieu de conclure qu'il n'y a personne — ce qui pourrait être un constat pur et simple, daté, localisé, dans l'espace et le temps —, je décide d'agir comme s'il y avait quelqu'un, mais qui, pour une raison ou pour une autre, ne répondrait pas. Le silence qui suit mon appel n'est plus, dès lors, un *vrai* silence ; il se trouve chargé d'un contenu, d'une profondeur, d'une âme — qui me renvoie aussitôt à la mienne. La distance entre mon cri, à mes propres oreilles, et l'interlocuteur muet (peut-être sourd) auquel il s'adresse, devient une angoisse, mon espoir et mon désespoir, un sens à ma vie. Plus rien ne comptera désormais pour moi, que ce faux vide et les problèmes qu'il me pose. Dois-je appeler plus longtemps ? Dois-je crier plus fort ? Dois-je prononcer d'autres paroles ? J'essaie de nouveau... Très vite je comprends que personne ne répondra ; mais la présence invisible que je continue de créer par mon appel m'oblige, pour toujours, à lancer dans le silence mon cri malheureux. Bientôt le son qu'il rend commence à m'étourdir. Comme envoûté, j'appelle de nouveau..., de nouveau encore. Ma solitude, exacerbée, se transmue à la fin, pour ma conscience aliénée, en une nécessité supérieure, promesse de mon rachat. Et je suis obligé, pour que celui-ci s'accomplisse, de m'obstiner jusqu'à ma mort à crier pour rien.

Selon le processus habituel, ma solitude n'est plus alors une donnée accidentelle, momentanée, de mon existence. Elle fait partie de moi, du monde entier, de tous les hommes : c'est notre nature, une fois de plus. C'est une solitude pour toujours.

Partout où il y a une distance, une séparation, un dédoublement, un clivage, il y a possibilité de les ressentir comme souffrance, puis d'élever cette souffrance à la hauteur d'une sublime néceessité. Chemin vers un au-delà métaphysique, cette pseudo-nécessité est en même temps la porte fermée à tout avenir réaliste. La tragédie, si elle nous console aujourd'hui, interdit toute conquête plus solide pour demain. Sous l'apparence d'un perpétuel mouvement, elle fige au contraire l'univers dans une malédiction ronronnante. Il n'est plus question de rechercher quelque remède à notre malheur, du moment qu'elle vise à nous le faire aimer.

Nous sommes ici en présence d'une démarche biaise de l'humanisme contemporain, qui risque de nous abuser. L'effort de récupération ne portant plus sur les choses elles-mêmes, on pourrait croire à première vue que la rupture entre celles-ci et l'homme est en tout cas consommée. Mais on s'aperçoit bientôt qu'il n'en est rien : que l'accord soit conclu avec les choses, ou avec leur éloignement, cela revient bien au même ; le « pont d'âme » subsiste entre elles et nous ; il sortirait plutôt renforcé de l'opération.

C'est pourquoi la pensée tragique ne vise jamais à supprimer les distances : elle les multiplie au contraire à plaisir. Distance entre l'homme et les autres hommes, distance entre l'homme et lui-même, entre l'homme et le monde, entre le monde et lui-même, rien ne demeure intact : tout se déchire, se fissure, se scinde, se décale. A l'intérieur des objets les plus homogènes comme des situations les moins ambiguës apparaît une sorte de distance secrète. Mais c'est précisément une *distance intérieure*, une fausse distance, qui est en réalité une voie ouverte, c'est-à-dire déjà une réconciliation.

Tout est contaminé. Il semble cependant que le domaine d'élection de la tragédie soit le « romanesque ». Depuis les amoureuses qui se font bonnes sœurs jusqu'aux policiers-gangsters, en passant par tous les criminels tourmentés, les prostituées à l'âme pure, les justes contraints par leur conscience à l'injustice, les sadiques par amour, les déments par logique, le bon « personnage » de roman doit avant tout être *double*. L'intrigue sera d'autant plus « humaine » qu'elle sera plus *équivoque*. Enfin le livre entier aura d'autant plus de vérité qu'il comportera davantage de contradictions.

Il est facile de se moquer. Il l'est moins de se libérer soi-même du conditionnement à la tragédie que nous impose notre civilisation mentale. On peut même dire que le refus des idées de « nature » et de prédestination nous mène *d'abord* à la tragédie. Il n'est pas d'œuvre importante, dans la littérature contemporaine, qui ne contienne à la fois l'affirmation de notre liberté, et le germe « tragique » de son abandon.

Deux grandes œuvres au moins, dans les dernières décades, nous ont offert deux nouvelles formes de la complicité fatale : l'absurde et la nausée.

Albert Camus, on le sait, a nommé absurdité l'abîme infranchissable qui existe entre l'homme et le monde, entre les aspirations de l'esprit humain et l'incapacité du monde à les satisfaire. L'absurde ne serait ni dans l'homme ni dans les choses, mais dans l'impossibilité d'établir entre eux un autre rapport que d'*étrangeté*.

Tous les lecteurs ont remarqué, néanmoins, que le héros de *l'Etranger* entretenait avec le monde une connivence obscure, faite de rancune et de fascination. Les relations de cet homme avec les objets qui l'entourent ne sont en rien innocentes : l'absurde entraîne constamment la déception, le retrait, la révolte. Il n'est pas exagéré de prétendre que ce sont les choses, très exactement, qui finissent par mener cet homme jusqu'au crime : le soleil, la mer, le sable éclatant, le couteau qui brille, la source entre les rochers, le revolver... Comme de juste, parmi ces choses, le principal rôle est occupé par la Nature.

Aussi le livre n'est-il pas écrit dans un langage aussi *lavé* que les premières pages peuvent le laisser croire. Seuls, en effet, les objets déjà chargés d'un contenu humain flagrant sont neutralisés, avec soin, et *pour des raisons morales* (tel le cercueil de la vieille mère, dont on nous décrit les vis, leur forme et leur degré d'enfoncement). A côté de cela nous découvrons, de plus en plus nombreuses à mesure que s'approche l'instant du meurtre, les métaphores classiques les plus révélatrices, nommant l'homme ou sous-tendues par son omni-présence : la campagne est « gorgée de soleil », le soir est « comme une trêve mélancolique », la route défoncée laisse voir la « chair brillante » du goudron, la terre est « couleur de sang », le soleil est une « pluie aveuglante », son reflet sur un coquillage est « une épée de lumière », la journée a « jeté l'ancre dans un océan de métal bouillant » — sans compter la « respiration » des vagues « paresseuses », le cap « somnolent », la mer qui « halète » et les « cymbales » du soleil...

La scène capitale du roman nous présente l'image parfaite d'une solidarité douloureuse : le soleil implacable est toujours « le même », son reflet sur la lame du couteau que tient l'Arabe « atteint » le héros en plein front et « fouille » ses yeux, la main de celui-ci se crispe sur le revolver, il veut « secouer » le soleil, il tire de nouveau, à quatre reprises. « Et c'était — dit-il — comme quatre coups brefs que je frappais sur la porte du malheur. »

L'absurde est donc bien une forme d'humanisme tragique. Ce n'est pas un constat de séparation entre l'homme et les choses. C'est une querelle d'amour, qui mène au crime passionnel. Le monde est accusé de complicité d'assassinat.

Quand Sartre écrit (dans *Situations I*) que *l'Etranger* « refuse l'anthropomorphisme », il nous donne, comme le montrent les citations précédentes, une vue incomplète de l'ouvrage. Sartre a sans doute remarqué ces passages, mais il pense que Camus, « infidèle à son principe, fait de la poésie ». Ne peut-on pas dire, plutôt, que ces métaphores sont justement l'explication du livre ? Camus ne refuse pas l'anthropomorphisme, il s'en sert avec économie et subtilité, pour lui donner plus de poids.

Tout est dans l'ordre, puisqu'il s'agit, en fin de compte, ainsi que Sartre le note, de nous exposer, suivant le mot de Pascal, « le malheur naturel de notre condition ».

Que nous propose maintenant *la Nausée ?* De toute évidence, il s'agit de relations avec le monde strictement viscérales, écartant tout effort de description (déclarée vaine) au profit d'une intimité louche, d'ailleurs présentée comme illusoire, mais à laquelle le narrateur n'imagine pas qu'il pourrait ne pas céder. L'important, à ses yeux, serait même d'y céder le plus possible, afin de parvenir à la conscience de soi.

Il est significatif que les trois premières perceptions enregistrées au début du livre passent toutes par le sens du toucher, non par le regard. Les trois objets qui provoquent la révélation sont, en effet, respectivement, le galet sur la plage, le loquet d'une porte, la main de l'Autodidacte. Chaque fois, c'est le contact physique avec la main du narrateur qui provoque chez lui le choc. On sait que le toucher constitue, dans la vie courante, une sensation beaucoup plus *intime* que le regard : personne n'a peur de contracter une maladie contagieuse par la seule vue d'un malade. L'odorat est déjà plus suspect : il implique une pénétration du corps par la chose étrangère. Le domaine de la vue, du reste, comporte lui-même différentes qualités d'appréhension : une forme, par exemple, sera généralement plus sûre qu'une couleur, qui change avec l'éclairage, avec le fond qui l'accompagne, avec le sujet qui la considère.

Aussi ne sommes-nous pas étonnés de constater que les yeux de Roquentin, le héros de *la Nausée,* sont plus attirés par les couleurs — en particulier par les tons les moins francs — que par les lignes ; quand ce n'est pas le toucher, c'est presque toujours la vue d'une couleur mal définie qui provoque chez lui le chavirement. On se rappelle l'importance prise, dès le début du livre, par les bretelles du cousin Adolphe, qui se détachent à peine sur le bleu de la chemise : elles sont « mauves... enfouies dans le bleu, mais c'est de la fausse humilité... comme si, parties pour devenir violettes, elles s'étaient arrêtées en route sans abandonner leurs prétentions. On a envie de leur dire : « Allez-y, *devenez* violettes et qu'on n'en parle plus. » Mais non, elles restent en suspens, butées par leur effort inachevé. Parfois le bleu qui les entoure glisse sur elles et les recouvre tout à fait : je reste un instant sans les voir. Mais ce n'est qu'une vague bientôt le bleu pâlit sur places et je vois réapparaître des îlots de mauve hésitant, qui s'élargissent, se rejoignent et reconstituent les bretelles. » Et le lecteur continuera d'ignorer la forme de celles-ci. Plus loin, au jardin public, la fameuse racine du marronnier finit par concentrer toute son absurdité et son hypocrisie dans sa couleur noire : « Noire ? J'ai senti le mot qui se dégonflait, qui se vidait de son sens avec une rapidité extraordinaire. Noire ? La racine *n'était pas* noire, ce n'était pas du noir qu'il y avait sur ce morceau de bois... mais plutôt l'effort confus pour imaginer du noir de quelqu'un qui n'en aurait jamais vu et qui n'aurait pas su s'arrêter, qui aurait imaginé un être ambigu, par-delà les couleurs. » Et Roquentin commente lui-même : « Les couleurs, les saveurs, les odeurs n'étaient jamais vraies, jamais tout bonnement elles-mêmes et rien qu'elles-mêmes. »

En fait, les couleurs lui procurent des sensations analogues à celles du toucher : elles sont pour lui un appel, suivi aussitôt d'un retrait, puis un appel encore, etc. ; c'est un contact « louche » s'accompagnant d'impressions innommables, exigeant une adhésion et la refusant en même temps. La couleur a le même effet sur ses yeux que la présence physique sur la paume de la main : elle manifeste avant tout une « personnalité » indiscrète (et double, bien entendu) de l'objet, une sorte d'insistance honteuse qui est à la fois plainte, défi et dénégation. « Les objets..., ils me touchent, c'est insupportable. J'ai peur d'entrer en contact avec eux tout comme s'ils étaient des bêtes vivantes. » La couleur est changeante, donc elle *vit ;* c'est cela que Roquentin a découvert : les choses sont vivantes, *comme lui-même.*

Les sons lui semblent pareillement frelatés (mis à part les airs de musique, qui n'*existent* pas). Il resterait la perception visuelle des lignes ; on sent que Roquentin évite de s'en prendre à celles-ci. Pourtant il récuse à son tour ce dernier refuge de la coïncidence avec soi-même : les seules lignes qui coïncident exactement sont les lignes géométriques, le cercle par exemple, « mais aussi le cercle n'existe pas ».

Nous sommes, cette fois encore, dans un univers entièrement *tragifié :* fascination du dédoublement, solidarité avec les choses *parce qu'*elles portent en elles leur propre négation, rachat (ici : accession à la conscience) par l'impossibilité même de réaliser un véritable accord, c'est-à-dire récupération finale de toutes les distances, de tous les échecs, de toutes les solitudes, de toutes les contradictions.

Aussi l'analogie est-elle le seul mode de description envisagé sérieusement par Roquentin. Devant la boîte en carton de son encrier, il conclut à l'inutilité de la géométrie dans ce domaine : dire qu'elle est un parallélépipède, c'est ne rien dire du tout « sur elle ». Au contraire il nous parle de la *vraie* mer qui « rampe » sous une mince pellicule verte faite pour « tromper » les gens, il compare la clarté « froide » du soleil à un « jugement sans indulgence », il note le « râle heureux » d'une fontaine, la banquette d'un tramway est pour lui un « âne mort » qui flotte à la dérive, sa peluche rouge a « des milliers de petites pattes », la main de l'Autodidacte est un « gros ver blanc », etc. Chaque objet serait à citer, car ils sont tous volontairement présentés de cette façon. Le plus chargé est bien entendu la racine du marronnier, qui devient successivement « ongle noir », « cuir bouilli », « moisissure », « serpent mort », « serre de vautour », « grosse patte », « peau de phoque », etc., jusqu'à la nausée.

Sans vouloir limiter le livre à ce point de vue particulier (quoique important), on peut dire que l'*existence* s'y caractérise par la présence de distances intérieures, et que la *nausée* est un penchant viscéral malheureux que l'homme ressent pour ces distances. Le « sourire complice des choses » s'achève en un rictus : « Tous les objets qui m'entouraient étaient faits de la même matière que moi, d'une espèce de souffrance moche. »

Mais le célibat triste de Roquentin, son amour perdu, sa « vie gâchée », le destin lugubre et risible de l'Autodidacte, toute cette malédiction du monde terreste, ne sommes-nous pas incités, dans ces conditions, à les porter au rang d'une nécessité supérieure ? Où est, alors, la liberté ? Puisque ceux qui ne voudront pas de cette malédiction sont bel et bien menacés de la condamnation morale suprême : ils seront des « salauds ». Tout se passe donc comme si Sartre — qui ne peut pourtant pas être accusé d'essentialisme — avait, dans ce livre du moins, porté à leur plus haut degré les idées de *nature* et de *tragédie.* Une fois de plus, lutter contre ces idées n'a fait d'abord que leur conférer des forces nouvelles.

Noyé dans la *profondeur* des choses, l'homme finit par ne même plus les apercevoir ; son rôle se limite bientôt à ressentir, en leur nom, des impressions et des désirs — totalement *humanisés.*

« Bref, il s'agit moins d'observer le galet que de s'installer en son cœur et de voir le monde avec ses yeux... » ; c'est à propos de Francis Ponge que Sartre écrit ces mots. Au Roquentin de *la Nausée* il faisait dire : « *J'étais* la racine du marronnier. » Les deux positions ne sont pas sans rapport : il est question, dans les deux cas, de penser « avec les choses » et non pas *sur* elles.

Ponge, en effet, ne se soucie guère, lui non plus, de décrire. Il sait fort bien, sans doute, que ses textes ne seraient d'aucun secours à l'archéologue futur qui chercherait à découvrir ce qu'ont pu être, dans notre civilisation perdue, une cigarette ou une bougie. Sans la pratique quotidienne que nous avons de ces objets, les phrases de Ponge qui les concernent ne sont plus que de beaux poèmes hermétiques.

En revanche, nous lisons que le cageot est « ahuri d'être dans une position maladroite », que les arbres au printemps « se flattent d'être dupes » et « lâchent un vomissement de vert », et que le papillon « venge sa longue humiliation amorphe de chenille ».

Est-ce là vraiment prendre le « parti » des choses et les représenter « de leur propre point de vue » ? Ponge ne peut évidemment se méprendre à ce point. L'anthropomorphisme le plus ouvertement psychologique et moral qu'il ne cesse de pratiquer ne peut avoir au contraire pour but que l'établissement d'un ordre humain, général et absolu. Affirmer qu'il parle *pour* les choses, *avec* elles, dans leur *cœur,* revient dans ces conditions à nier leur réalité, leur présence opaque : dans cet univers peuplé de choses, celles-ci ne sont plus pour l'homme que des miroirs qui lui renvoient sans fin sa propre image. Tranquilles, domestiquées, elles regardent l'homme avec son propre regard.

Une telle *réflexion,* chez Ponge, n'est bien entendu pas gratuite. Ce mouvement de va-et-vient entre l'homme et ses doubles naturels est celui d'une conscience active, soucieuse de se comprendre et de se réformer. Tout au long de ses pages subtiles, le moindre caillou, le moindre bout de bois lui donne sans cesse des leçons, l'exprime et le juge à la fois, lui enseigne un progrès à accomplir. La contemplation du monde est ainsi pour l'homme un apprentissage permanent de la vie, du bonheur, de la sagesse et de la mort.

C'est donc, enfin, une réconciliation définitive et souriante qu'on nous propose ici. De nouveau nous avons retrouvé l'affirmation humaniste : le monde, c'est l'homme. Mais à quel prix ! Car, si nous quittons le point de vue moral du perfectionnement, *le Parti pris des choses* ne nous est plus d'aucun secours. Et si, en particulier, nous préférons la liberté à la sagesse, nous sommes obligés de briser tous ces miroirs disposés avec art par Francis Ponge, pour retrouver les objets durs et secs qui sont par derrière, inentamés, aussi étrangers qu'auparavant.

François Mauriac, qui — disait-il — avait autrefois lu *le Cageot* de Francis Ponge, sur la recommandation de Jean Paulhan, avait dû conserver fort peu ce texte à la mémoire lorsqu'il nommait *Technique du Cageot* la description des objets préconisée dans mes propres écrits. Ou bien je m'y étais fort mal exprimé.

Décrire les choses, en effet, c'est délibérément se placer à l'extérieur, en face de celles-ci. Il ne s'agit plus de se les approprier ni de rien reporter sur elles. Posées, au départ, comme *n'étant pas l'homme,* elles restent constamment hors d'atteinte et ne sont, à la fin, ni comprises dans une alliance naturelle, ni récupérées par une souffrance. Se borner à la description, c'est évidemment récuser tous les autres modes d'approche de l'objet : la sympathie comme irréaliste, la tragédie comme aliénante, la compréhension comme relevant du seul domaine de la science.

Certes, ce dernier point de vue n'est pas négligeable. La science est le seul moyen honnête dont l'homme dispose pour tirer parti du monde qui l'entoure, mais c'est un parti matériel ; si désintéressée que soit la science, elle ne se justifie que par l'établissement, tôt ou tard, de techniques utilitaires. La littérature vise d'autres buts. Seule la science, en revanche, peut prétendre connaître l'*inté-*

rieur des choses. L'intériorité du galet, de l'arbre ou de l'escargot que nous offre Francis Ponge se moque de la science, bien entendu (et encore plus que Sartre n'a l'air de le penser) ; aussi ne représente-t-elle en rien ce qu'il y a *dans* ces choses, mais ce que l'homme peut y faire entrer de son propre esprit. Ayant observé des comportements, avec plus ou moins de rigueur, ces apparences lui inspirent des analogies humaines, et Ponge se met à parler de l'homme, toujours de l'homme, en s'appuyant d'une main négligente sur les choses. Peu lui importe que l'escargot ne « mange » pas de terre, ou que la fonction chlorophyllienne soit une absorption et non pas une « exhalaison » de gaz carbonique ; son œil est aussi désinvolte que ses souvenirs d'histoire naturelle. L'unique critère est la vérité du sentiment exprimé au niveau de ces images — du sentiment humain, évidemment, et de l'humaine nature qui est la nature de toutes choses !

La minéralogie, la botanique ou la zoologie, au contraire, poursuivent la *connaissance* des textures (internes comme externes), de leur organisation, de leur fonctionnement et de leur genèse. Mais, hors de leur domaine, ces disciplines ne servent plus à rien, elles non plus, qu'à un enrichissement abstrait de notre intelligence. Le monde autour de nous redevient une surface lisse, sans signification, sans âme, sans valeurs, sur laquelle nous n'avons plus aucune prise. Comme l'ouvrier qui a déposé le marteau dont il n'a plus besoin, nous nous retrouvons une fois de plus *en face* des choses.

Décrire cette surface n'est donc que cela : constituer cette extériorité et cette indépendance. Probablement n'ai-je pas plus à dire « sur » la boîte de mon encrier qu' « avec » elle ; si j'écris qu'elle est un parallélépipède, je n'ai pas la prétention d'en dégager une quelconque essence ; j'ai encore moins le projet de la livrer au lecteur pour que son imagination s'en empare et l'orne de colorations multiples : je désirerais plutôt l'en empêcher.

Les reproches les plus courants, faits à de tels renseignements géométriques — « Cela ne parle pas à l'esprit », « Une photographie ou un croquis coté rendraient mieux compte de la forme », etc. — sont des reproches bizarres : comment n'y aurais-je pas songé le premier ? Aussi bien s'agit-il de tout autre chose. La photographie ou le dessin ne visent qu'à reproduire l'objet, ils sont d'autant plus réussis qu'ils peuvent donner lieu à des interprétations aussi nombreuses (et aux mêmes erreurs) que le modèle. La description formelle, tout à l'opposé, est avant tout une limitation : lorsqu'elle dit « parallélépipède », elle sait qu'elle n'atteint aucun au-delà, mais elle coupe court en même temps à toute possibilité d'en rechercher un.

Enregistrer la distance entre l'objet et moi, et les distances propres de l'objet (ses distances *extérieures*, c'est-à-dire ses mesures), et les distances des objets entre eux, et insister encore sur le fait que ce sont *seulement des distances* (et non pas des déchirements), cela revient à établir que les choses sont là et qu'elles ne sont rien d'autre que des choses, chacune limitée à soi. Le problème n'est plus de choisir entre un accord heureux et une solidarité malheureuse. Il y a désormais refus de *toute* complicité.

Il y a donc d'abord refus du vocabulaire analogique et de l'humanisme traditionnel, refus en même temps de l'idée de tragédie, et de toute autre idée conduisant à la croyance en une nature profonde, et supérieure, de l'homme ou des choses (et des deux ensemble), refus enfin de tout ordre préétabli.

Le regard apparaît aussitôt dans cette perspective comme le sens privilégié, et particulièrement le regard appliqué aux contours (plus qu'aux couleurs, aux éclats, ou aux transparences). La description optique est en effet celle qui opère le plus aisément la fixation des distances : le regard, s'il veut rester simple regard, laisse les choses à leur place respective.

Mais il comporte aussi ses risques. Se posant à l'improviste sur un détail, il l'isole, l'extrait, voudrait l'emporter en avant, constate son échec, s'acharne, ne réussit plus ni à l'enlever tout à fait ni à le remettre en place... ; le rapport d'« absurdité » n'est pas loin. Ou bien c'est la contemplation qui s'appesantit à tel point que tout se met à vaciller, à bouger, à se fondre... ; alors la « fascination » commence, et la « nausée ».

Pourtant ces risques restent parmi les moindres, et Sartre lui-même a reconnu le pouvoir laveur du regard. Troublé par un contact, par une impression tactile suspecte, Roquentin abaisse les yeux jusqu'à sa main : « Le galet était plat, sec sur tout un côté, humide et boueux sur l'autre. Je le tenais par les bords, avec les doigts très écartés, pour éviter de me salir », il ne comprend plus ce qui l'a ému ; de même, un peu plus tard, au moment d'entrer dans sa chambre : « Je me suis arrêté net, parce que je sentais dans ma main un objet froid qui retenait mon attention par une sorte de personnalité. J'ai ouvert la main, j'ai regardé : je tenais tout simplement le loquet de la porte. » Ensuite Roquentin s'en prend aux couleurs et l'œil ne réussit plus à exercer son action décapante : « La souche noire *ne passait pas,* elle restait là dans mes yeux, comme un morceau trop gros reste en travers d'un gosier. Je ne pouvais ni l'accepter ni la refuser. » Il y avait eu déjà le « mauve » des bretelles et la « transparence louche » du verre de bière.

Il nous faut opérer avec les moyens du bord. Le regard demeure malgré tout notre meilleure arme, surtout s'il s'en tient aux seules lignes. Quant à sa « subjectivité » — principal argument de l'opposition —, que retranche-t-elle à sa valeur ? Bien évidemment il ne peut s'agir, de toute façon, que du monde tel que l'oriente *mon point de vue ;* je n'en connaîtrai jamais d'autre. La subjectivité relative de mon regard me sert précisément à définir *ma situation dans le monde.* J'évite simplement de concourir, moi-même, à faire de cette situation une servitude.

Ainsi Roquentin a beau penser que « la vue, c'est une invention abstraite, une idée nettoyée, simplifiée, une idée d'homme », elle demeure néanmoins, entre le monde et moi, l'opération la plus efficace.

Car c'est d'efficacité qu'il est question ici. Mesurer les distances, sans vain regret, sans haine, sans désespoir, entre ce qui est séparé, doit permettre d'identifier ce qui ne l'est pas, ce qui *est un*, puisqu'il est faux que tout soit double — faux, ou du moins provisoire. Provisoire pour ce qui est de l'homme, voilà notre espoir. Faux, déjà, pour ce qui est des choses : une fois décrassées, elles ne renvoient plus qu'à elles-mêmes, sans faille où nous glisser, sans tremblement.

Une interrogation persiste : est-il possible d'échapper à la tragédie ?

Aujourd'hui son règne s'étend sur tous mes sentiments et toutes mes pensées, elle me conditionne du haut en bas. Mon corps peut être satisfait, mon cœur content, ma conscience reste malheureuse. J'assure que ce malheur est *situé* dans l'espace et le temps, comme tout malheur, comme toute chose en ce monde. J'assure que l'homme, un jour, s'en libérera. Mais je ne possède de cet avenir aucune preuve. Pour moi aussi, c'est un pari. « L'homme est un animal malade », écrivait Unamuno dans *le Sentiment tragique de la Vie* ; le pari consiste à penser qu'on peut le guérir, et que, dans ce cas, il serait inepte de l'enfermer dans son mal. Je n'ai rien à perdre. Ce pari, en tout état de cause, est le seul raisonnable.

J'ai dit que je ne possédais aucune preuve. Il est facile de m'apercevoir, cependant, que la *tragification* systématique de l'univers où je vis est souvent le résultat d'une volonté délibérée. Cela suffit à jeter le doute sur toute proposition tendant à poser la tragédie comme naturelle et définitive. Or, du moment que le doute est apparu, je ne peux faire autrement que de chercher plus loin.

Cette lutte, me dira-t-on, est justement l'illusion tragique par excellence : vouloir combattre l'idée de tragédie, c'est déjà y succomber ; et il est si naturel de prendre les objets comme refuge... Peut-être. Mais peut-être que non. Et, dans ce cas...

ÉLÉMENTS D'UNE ANTHOLOGIE MODERNE

Les quelques œuvres qui vont être rapidement analysées, ou commentées, dans les pages qui suivent sont loin d'être les seules à avoir marqué de leurs recherches la littérature de cette première moitié du xxᵉ siècle. Ce ne sont même pas toujours celles qui m'auront personnellement le plus impressionné. On remarquera tout de suite l'absence, entre autres, de Kafka, et la présence au contraire d'écrivains de bien moindre importance. On ne manquera pas de dire aussi que Joë Bousquet a des côtés très démodés, et que *Godot* est trop à la mode, et que souvent ce ne sont pas les ouvrages les plus accomplis qui ont été choisis pour représenter les auteurs retenus.

Tout cela est vrai. C'est que les cinq brefs essais reproduits ici seront pour moi surtout des exemples, qui me permettront chacun de préciser quelques thèmes et formes caractéristiques de cette littérature encore en train de se faire. Les premiers de ces exemples remontent déjà à plus de cinquante ans, les derniers appartiennent à notre après-guerre. Tous offrent, de mon point de vue, quelque chose de profondément actuel ; c'est ce quelque chose que j'essaie ici de dégager, et qu'il ne serait pas difficile de retrouver dans la plupart des recherches contemporaines.

ÉNIGMES ET TRANSPARENCE CHEZ RAYMOND ROUSSEL

(1963)

Raymond Roussel décrit ; et, au-delà de ce qu'il décrit, il n'y a rien, rien de ce qui peut traditionnellement s'appeler un message. Pour reprendre une des expressions favorites de la critique littéraire académique, Roussel ne semble guère avoir « quelque chose à dire ». Aucune transcendance, aucun dépassement humaniste, ne peuvent s'appliquer aux séries d'objets, de gestes et d'événements qui constituent, dès la première vue, son univers.

Il arrive que, pour les besoins d'une ligne descriptive très stricte, il ait à nous conter quelque anecdote psychologique, ou bien quelque coutume religieuse imaginaire, un récit de mœurs primitives, une allégorie métaphysique... Mais ces éléments n'ont jamais aucun « contenu », aucune profondeur, ils ne peuvent constituer en aucun cas le plus modeste apport à l'étude des caractères humains ou des passions, la plus petite contribution à la sociologie, la moindre méditation philosophique. Il s'agit toujours en effet de sentiments ouvertement conventionnels (amour filial, dévouement, grandeur d'âme, traîtrise, et toujours traités à la manière des images d'Epinal), ou bien de rites « gratuits », ou de symbolismes reconnus et de philosophies usées. Entre le non-sens absolu et le sens épuisé il ne reste encore une fois que les choses elles-mêmes, objets, gestes, etc.

Sur le plan du langage, Roussel ne répond guère mieux aux exigences de la critique. Beaucoup l'ont déjà signalé, et bien entendu pour s'en plaindre : Raymond Roussel écrit mal. Son style est terne et neutre. Lorsqu'il sort de l'ordre du constat — c'est-à-dire de la platitude avouée : le domaine du « il y a » et du « se trouve placé à une certaine distance » —, c'est toujours pour tomber dans l'image banale, dans la métaphore la plus rebattue, sortie elle aussi de quelque arsenal des conventions littéraires. Enfin l'organisation sonore des phrases, le rythme des mots, leur musique ne semblent poser pour l'auteur aucun problème d'oreille. Le résultat est presque continuellement sans attrait du point de vue des belles-lettres : une prose qui passe du ronronnement bêta à de laborieux enchevêtrements cacophoniques, des vers où il faut compter sur ses doigts pour s'apercevoir que les alexandrins ont vraiment douze pieds.

Nous voici donc en présence de l'envers parfait de ce qu'il est convenu d'appeler un bon écrivain : Raymond Roussel n'a rien à dire et il le dit mal... Et pourtant son œuvre commence à être reconnue par tous comme l'une des plus importantes de la littérature française au début de ce siècle, une de celles qui ont exercé leur fascination sur plusieurs générations d'écrivains et d'artistes, une de celles, sans aucun doute, que l'on doit compter parmi les ancêtres directs du roman moderne ; d'où l'intérêt sans cesse croissant qui se porte aujourd'hui sur cette œuvre opaque et décevante.

Voyons d'abord l'opacité. C'est, aussi bien, une excessive transparence. Comme il n'y a jamais rien au-delà de la chose décrite, c'est-à-dire qu'aucune sur-nature ne s'y cache, aucun symbolisme (ou alors c'est un symbolisme aussitôt proclamé, expliqué, détruit), le regard est bien obligé de s'arrêter à la surface même des choses : une machine au fonctionnement ingénieux et inutile, une carte postale balnéaire, une fête au déroulement mécanique, une démonstration de sorcellerie enfantine, etc. Une transparence totale, qui ne laisse subsister ni ombre ni reflet, cela revient en fait à une peinture en trompe-l'œil. Plus s'accumulent les précisions, la minutie, les détails de forme et de dimension, plus l'objet perd de sa profondeur. C'est donc ici une opacité sans mystère : ainsi que derrière une toile de fond, il n'y a rien derrière ces surfaces, pas d'intérieur, pas de secret, pas d'arrière-pensée.

Cependant, par un mouvement de contradiction fréquent dans les écritures modernes, le mystère est un des thèmes formels les plus volontiers utilisés par Roussel : recherche d'un trésor caché, origine problématique de tel ou tel personnage, ou de tel objet, énigmes de toutes sortes posées à chaque instant au lecteur comme aux héros sous la forme de devinettes, de rébus, d'assemblages en apparence absurdes, de phrases à clef, de boîtes à double fond, etc. Les issues dérobées, les souterrains faisant communiquer deux lieux sans rapports visibles, les révélations soudaines sur les dessous d'une filiation contestée, jalonnent ce monde rationaliste à l'image des romans noirs de la meilleure tradition, transformant un instant l'espace géométrique des situations et des dimensions en un nouveau *Château des Pyrénées...* Mais non, le mystère ici se contrôle sans cesse trop bien. Non seulement ces énigmes sont exposées avec trop de clarté, analysées trop objectivement, et s'affirment trop comme énigmes, mais encore, au terme d'un discours plus ou moins long, leur solution sera découverte et démontée, et cette fois aussi avec la simplicité la plus grande, compte tenu de l'extrême complication des fils. Après avoir lu la description de la machine déroutante, nous avons droit à la description rigoureuse de son fonctionnement. Après le rébus vient toujours l'explication, et tout rentre dans l'ordre.

C'est à tel point que l'explication devient à son tour inutile. Elle répond si bien aux questions posées, elle épuise si totalement le sujet qu'elle semble en fin de compte faire double emploi avec la machine elle-même. Et, même lorsqu'on la voit fonctionner et que l'on sait dans quel but, celle-ci reste abracadabrante : telle la fameuse hie qui sert à composer des mosaïques décoratives avec des dents humaines en utilisant l'énergie du soleil et des vents ! La décomposition de l'ensemble en ses plus minuscules rouages, l'identité parfaite de ceux-ci et de la fonction qu'ils remplissent, ne font que ramener au pur spectacle d'un geste privé de sens. Une fois de plus, la signification trop transparente rejoint la totale opacité.

Ailleurs, on commence par nous proposer un assemblage de mots, aussi hétéroclite que possible — placé par exemple sous une statue, elle-même chargée de multiples particularités déconcertantes (et données comme telles) — et l'on nous explique ensuite longuement la signification (toujours *immédiate,* au ras des mots) de la phrase-devinette, et comment elle se rapporte directement à la statue, dont les détails étranges se révèlent alors comme tout à fait nécessaires, etc. Or ces élucidations en chaîne, extraordinairement complexes, ingénieuses, et « tirées par les cheveux », paraissent si dérisoires, si décevantes, que c'est comme si le mystère demeurait intact. Mais c'est désormais un mystère lavé, vidé, qui est devenu innommable. L'opacité ne cache plus rien. On a l'impression d'avoir trouvé un tiroir fermé, puis une clef ; et cette clef ouvre le tiroir de façon impeccable... et le tiroir est vide.

Roussel lui-même semble s'être un peu mépris sur cet aspect de son œuvre, lui qui pensait pouvoir faire courir les foules au Châtelet pour assister à une cascade de ces — croyait-il — palpitantes énigmes et à leur résolution successive par un héros patient et subtil. L'expérience, hélas, l'a vite détrompé. Il était facile de le prévoir. Car il s'agit en réalité de devinettes posées dans le vide, de recherches concrètes mais théoriques, privées d'accident, et ne pouvant pour cette raison prendre au piège qui que ce soit. Il y a pourtant des pièges, à chaque page, mais on les fait seulement marcher devant nous, nous en indiquant tous les ressorts et nous montrant au contraire comment ne pas en être victime. D'ailleurs, même s'il n'a pas une longue habitude des fonctionnements rousseliens et de la déception nécessaire qui suit leur accomplissement, le premier lecteur venu sera frappé, dès l'abord, par la totale absence d'intérêt anecdotique — la totale blancheur — des mystères proposés. Là encore, c'est, ou bien le vide dramatique complet, ou bien le drame de panoplie avec tous ses accessoires conventionnels. Et, dans ce cas, que les histoires racontées passent ou non les bornes de l'ahurissant, la seule façon dont elles sont présentées, la naïveté avec laquelle sont posées les interrogations (dans le genre : « Tous les assistants étaient fort intrigués par... », etc.), le style enfin, aussi éloigné que possible des règles élémentaires du bon suspense, suffiraient à détacher l'amateur le mieux disposé de ces inventeurs pour Concours Lépine de la science-fiction et de ces pages folkloriques réglées comme un défilé de marionnettes.

Quelles sont donc alors ces formes qui nous passionnent ? Et comment agissent-elles sur nous ? Quelle est leur signification ? Aux deux dernières questions, il est sans doute encore trop tôt pour répondre. Les formes rousseliennes ne sont pas encore devenues académiques ; elles n'ont pas encore été digérées par la culture ; elles ne sont pas encore passées à l'état de valeurs. Nous pouvons déjà, cependant, essayer au moins d'en nommer quelques-unes. Et, pour commencer, précisément cette *recherche* qui détruit elle-même, par l'écriture, son propre objet.

Cette recherche, nous l'avons dit, est purement formelle. C'est avant tout un itinéraire, un chemin logique qui conduit d'un état donné à un autre état — ressemblant beaucoup au premier, bien qu'il soit atteint par un long détour. On en trouve un nouvel exemple — et qui a l'avantage supplémentaire de se situer entièrement dans le domaine du langage — avec les courts récits posthumes dont Roussel a lui-même expliqué l'architecture : deux phrases qui se prononcent de façon identique, à une lettre près, mais dont les sens sont totalement sans rapport, à cause des acceptions différentes dans lesquelles sont pris les mots semblables. Le trajet, c'est ici l'histoire, l'anecdote, permettant de réunir les deux phrases, qui constitueront, l'une les premiers mots du texte, l'autre les derniers. Les épisodes les plus absurdes seront ainsi justifiés par leur fonction d'ustensiles, de véhicules, d'intermédiaires ; l'anecdote n'a ouvertement plus de contenu, mais un mouvement, un ordre, une composition ; elle n'est plus, elle aussi, qu'une mécanique : à la fois machine à reproduire et machine à modifier.

Car il faut insister sur l'importance que Roussel attache à cette très légère *modification* de son séparant les deux phrases-clefs, sans parler de la modification générale du sens. Le récit a opéré sous nos yeux, d'une part un changement profond de ce que signifie le monde — et le langage —, d'autre part un infime décalage superficiel (la lettre altérée) ; le texte « se mord la queue », mais avec une petite irrégularité, une petite entorse... et qui change tout.

Fréquemment aussi, nous trouvons la simple *reproduction* plastique, comme cette mosaïque que dessine la hie déjà citée. Les exemples abondent, que ce soit dans les romans, les pièces ou les poèmes, de ces images de toutes sortes : statues, gravures, tableaux, ou même dessins grossiers sans aucun caractère artistique. Le plus connu de ces objets est la vue en miniature que l'on aperçoit dans le manche d'un porte-plume. Bien entendu, la précision des détails y est aussi poussée que si l'auteur nous montrait une scène véritable, grandeur nature, ou même agrandie à l'aide d'un appareil d'optique, jumelles ou microscope. Une image de quelques millimètres de côté nous fait ainsi voir une plage comportant divers personnages sur le sable, ou sur l'eau dans des embarcations ; il n'y a jamais rien de flou dans leurs gestes, ou dans les lignes du décor. De l'autre côté de la baie passe une route ; et sur cette route roule une voiture, et un homme est assis à l'intérieur de la voiture ; cet homme tient une canne, dont le pommeau représente..., etc.

La *vue*, sens privilégié chez Roussel, atteint très vite une acuité démentielle, tendant vers l'infini. Ce caractère est rendu sans doute encore plus provocant du fait qu'il s'agit d'une reproduction. Roussel décrit volontiers, nous l'avons signalé, un univers qui n'est pas donné comme réel, mais comme déjà représenté. Il aime placer un artiste intermédiaire entre lui-même et le monde des hommes. Le texte que l'on nous propose est une relation concernant un double. Le grossissement démesuré de certains éléments lointains ou minuscules y prend donc une valeur particulière ; car l'observateur n'a pas pu s'approcher pour regarder de tout près le détail qui retient son attention. De toute évidence, lui aussi invente, à l'instar de ces nombreux créateurs — de machines ou de procédés — qui peuplent toute l'œuvre. La vue est ici une vue *imaginaire*.

Un autre caractère frappant de ces images est ce que l'on pourrait appeler leur *instantanéité*. La vague qui s'apprête à déferler, l'enfant qui joue au cerceau sur la plage, ailleurs la statue d'un personnage en train d'accomplir un geste éloquent (même si le sens en est d'abord absent, à l'état de rébus), ou l'objet figuré à mi-chemin du sol et de la main qui vient de le lâcher, tout est donné comme en plein mouvement, mais figé au beau milieu de ce mouvement, immobilisé par la représentation qui laisse en suspens tous les gestes, chutes, déferlements, etc., les éternisant dans l'imminence de leur fin et les coupant de leur sens.

Enigmes vides, temps arrêté, signes qui refusent de signifier, grossissement géant du détail minuscule, récits qui se referment sur eux-mêmes, nous sommes dans un univers *plat* et *discontinu* où chaque chose ne renvoie qu'à soi. Univers de la fixité, de la répétition, de l'évidence absolue, qui enchante et décourage l'explorateur...

Et voilà que le piège de nouveau reparaît, mais il est d'une autre nature. L'évidence, la transparence, excluent l'existence d'arrière-mondes ; cependant, de ce monde-ci, nous découvrons que nous ne pouvons plus sortir. Tout est à l'arrêt, tout est en train de se reproduire, et l'enfant pour toujours tient son bâton levé au-dessus du cerceau qui s'incline, et l'écume de la vague immobile va retomber...

LA CONSCIENCE MALADE DE ZENO

(1954)

Zeno Cosini, riche négociant triestin (le Trieste autrichien d'avant
la guerre de 14), rédige pour un psychanalyste les faits principaux de son existence passée. Etudes universitaires incertaines,
mort du père, passion volontairement éprouvée pour une jeune
fille, mariage avec la sœur de celle-ci, vie de famille heureuse et
confortable, maîtresses, affaires commerciales plus ou moins hasar-
deuses et généralement déficitaires, rien de tout cela en apparence
n'a pour lui de conséquence grave : l'épouse veille avec amour sur
le foyer, un fondé de pouvoir gère sagement la plus grosse partie
de la fortune. Zeno vieillissant ne porte pas, du reste, à ces événements assez ordinaires un intérêt excessif ; il ne les ressuscite et
ne les commente que dans un seul but : prouver qu'il est malade
et décrire sa maladie. Malgré son aspect, que l'on devine florissant, le nom de malade imaginaire ne lui convient pas tout à fait ;
il sait que la médecine n'a que peu de pouvoir sur ses maux, avec
les docteurs il finit toujours par se quereller et leurs diagnostics
ne servent qu'à lui donner de nouveaux troubles ; s'il collec-
tionne les médicaments — ou même les absorbe parfois — ce
n'est guère dans une intention à proprement parler thérapeutique ;
bien entendu, il se moque autant de la psychanalyse que des
traitements par l'électricité ou la gymnastique. Dès les premiers
feuillets nous trouvons sa profession de foi : « La maladie est
une conviction et je suis né avec cette conviction. » Quelque
chose, en somme, comme la grâce.

La nature exacte et l'importance exclusive de cette conviction,
voilà ce que son récit tente d'éclaircir en trois cent cinquante pages

de grand format. L'univers dans lequel il nous plonge, à la fois grotesque, fantastique et parfaitement quotidien, atteint d'emblée et conserve jusqu'au bout un degré de présence exceptionnel. Zeno est bien *dans le monde* ; il n'est la proie d'aucun symbolisme ; il échappe d'une façon aussi totale à la claustration du repliement sur soi. Son état ne peut inspirer ni l'incrédulité ni l'irritation ; il est évident, nécessaire, incurable. A l'inverse de la complaisance morbide, où le malade s'installe dans ses douleurs comme dans une sorte de confort, il s'agit au contraire ici d'une lutte de chaque seconde pour conquérir la « bonne santé », considérée comme le bien suprême, qui s'accompagne en même temps d'une entière sérénité intérieure — harmonie de l'âme, bonté, pureté, *innocence* — et de manifestations externes de caractère plus pratique : l'élégance, la désinvolture, la ruse, la réussite en affaires, la faculté de séduire les femmes et de bien jouer du violon — au lieu de ne tirer de celui-ci que des grincements horribles, comme du reste de l'existence. L'homme sain ne profite d'ailleurs pas de ces dons pour mener une vie dispersée : il s'en tient, par exemple, à une stricte monogamie. Ce n'est pas là une contradiction, car, si pour les uns tout est bonne santé, tout est maladie pour les autres.

Ainsi en va-t-il en particulier des rapports avec le temps. Le temps de Zeno est un temps malade. C'est pour cette raison qu'entre autres calamités il ne peut jouer bien d'aucun instrument de musique : « L'être le plus bas, quand il sait ce que sont les tierces, les quartes, les sixtes, sait également passer de l'une à l'autre... Mais moi, quand j'ai produit une de ces figures, je ne puis plus m'en libérer ; elle adhère à moi, elle contamine la figure suivante et la déforme. » Lorsque dans une conversation il prononce une phrase, la plus simple soit-elle, il fait dans le même instant des efforts pour se rappeler une autre phrase, qu'il a dite un peu avant celle-là. S'il ne lui reste que cinq minutes pour accomplir un acte important, il les perd à calculer qu'il n'aurait pas eu besoin de plus pour le mener à bien. Il décide de ne plus fumer, parce que le tabac est cause de tous ses maux ; aussitôt son temps se voit divisé et dévoré par les dates successives et toujours reculées de la « dernière cigarette », qu'il inscrit à l'avance sur les murs de sa chambre — de sorte que, les murs en étant couverts, il doit bientôt déménager. Mais au milieu de l'engluement la mort frappe autour de lui amis et parents, et chaque fois il se trouve pris au dépourvu, comprenant soudain qu'il ne pourra plus jamais leur prouver sa bonne volonté et son innocence.

Zeno ne fait pas étalage de sa maladie. Il essaie de ne pas en parler, de se comporter comme tout le monde dans la mesure du possible. Même, il a « pris définitivement les dehors d'un homme joyeux ». De la table familiale, où il arrive à l'heure en bon époux, au bureau où il tient avec zèle un emploi non rétribué de comptable, de la Lloyd à la Bourse, du lit de sa maîtresse à la maison de beaux-parents qui l'estiment, nous suivons avidement les déambulations de ce chasseur qui se traque lui-même sans merci. Et nous le plaçons sans hésiter à côté de ses frères : ce sont bien ici la passion de Michael Kohlhaas à la recherche de ses chevaux induement confisqués, l'abattement coupé d'inspirations soudaines de Dimitri Karamazov courant après l'argent qu'il lui faut emprunter à tout prix, la démarche saccadée de Joseph K. poursuivant à la fois son avocat et ses juges. Les infirmités dont Zeno est brusquement atteint (raideur du genou parce qu'un ami boiteux lui a parlé des cinquante-quatre muscles de la marche, ou douleur dans le côté parce qu'un autre l'a représenté sur une caricature transpercé par son parapluie), et dont il souffre ensuite pour le restant de ses jours, sont proches parentes de celles du capitaine Achab, qui a perdu sa jambe dans la lutte contre la baleine blanche, ou de Molloy que la paralysie gagne progressivement depuis le pied. Sa mort, Zeno la connaît d'avance : elle commencera par la gangrène des membres inférieurs. Il n'est pas jusqu'à cette ville « irrédente » de Trieste, où l'on ne parle pas l'italien mais un dialecte mêlé d'allemand et de croate, qui ne fasse songer au Prague germano-tchèque de Kafka et au Dublin anglo-irlandais de

Joyce — patries de tous ceux qui ne sont pas à l'aise dans leur propre langue. « Une confession écrite est toujours mensongère, et nous (les Triestins), c'est à chaque mot toscan que nous mentons ! »

Par surcroît, le narrateur est de mauvaise foi. En présentant son récit, le psychanalyste précise qu'il contient une bonne quantité de mensonges. Zeno lui-même en signale quelques-uns au passage. Mais comment traiter ici quoi que ce soit de mensonge, puisque chaque événement est accompagné d'une longue analyse qui le discrédite et le nie ? Un jour qu'il n'a pas réussi par cette méthode à embrouiller suffisamment la situation, Zeno déclare : « Elle était si claire que je n'y comprenais plus rien. » Après avoir accumulé les indices d'un classique complexe d'Œdipe avec transferts multiples, il entre en fureur contre le médecin qui n'a pu éviter de le remarquer ; puis il rajoute exprès, à l'appui de cette thèse, quelques éléments faux. Il opère de façon analogue dans ses relations avec ses amis ou sa famille : « Si je n'avais pas tout défiguré, j'aurais jugé inutile d'ouvrir la bouche. » A la fin, il découvre que son analyse est capable de convertir la santé en maladie ; qu'à cela ne tienne : il décide alors qu'il faut soigner la bonne santé.

Cette bonne santé qu'il veut soigner — ou cette mauvaise santé — cette *conscience* comme l'indique le titre de l'ouvrage, il finit par l'appeler tout simplement la « vie », qui, « à la différence des autres maladies, est toujours mortelle ».

La guerre éclate entre l'Italie et l'Autriche. Paradoxalement, le héros prétend découvrir son équilibre dans les transactions commerciales effrénées auxquelles l'extension du conflit ouvre la porte. Et le livre s'achève sur une étonnante note d'espoir : un jour, un homme « fait comme les autres, mais un peu plus malade », déposera un explosif d'une puissance encore inconnue au centre de la terre. « Une détonation formidable que nul n'entendra — et la terre, revenue à l'état de nébuleuse, continuera sa course dans les cieux délivrée des hommes — sans parasites, sans maladies. »

Temps malade, langage malade, libido malade, démarche malade, vie malade, conscience malade..., il ne faut bien évidemment pas voir là-dedans une vague allégorie sur la faute originelle, ou quelque autre lamentation métaphysique. Il s'agit de vie quotidienne et d'expérience directe du monde. Ce que nous dit ainsi Italo Svevo, c'est que, dans notre société moderne, plus rien n'est *naturel*. Et il n'y a même pas de raison pour s'en affliger. Nous pouvons parfaitement être joyeux, parler, faire l'amour, faire des affaires, faire la guerre, écrire des romans ; mais rien de cela ne se fera plus sans y penser, comme on respire. Chacune de nos actions se réfléchit sur elle-même et se charge de questions. Sous notre regard, le simple geste que nous faisons pour étendre la main devient bizarre, maladroit ; les mots que nous nous écoutons prononcer sonnent faux tout à coup ; le temps de notre esprit n'est plus celui des horloges ; et l'écriture romanesque, à son tour, ne peut plus être innocente.

JOË BOUSQUET LE RÊVEUR

(1953)

> Un homme se connaissait comme le produit
> de ce monde. Il a voulu en devenir la con-
> science : une façon de rêver qu'il en incarne-
> rait le salut.
>   J. B.

Joë Bousquet est dans sa chambre, prisonnier, infirme, *immobile,* il écrit :

« Je suis là, mais pas à la façon dont vous y êtes : si vous
pouviez seulement voir travailler mes yeux !...

« Mon ombre tourne autour de moi, vous tournez autour de
votre ombre.

« C'est difficile à faire comprendre aux autres que je ne vis
pas comme eux. Ils sont dans l'espace comme les poissons dans
l'eau. Pas moi. Je suis un trou dans le lit du fleuve. »

Lorsque, à l'âge de vingt ans, Bousquet se voit subitement
« retranché de la vie » par la blessure de guerre qui le paralyse
pour le restant de ses jours, il songe d'abord au suicide, « par
amour de la vie ». Mais il s'aperçoit bientôt de son erreur : s'il
a perdu l'usage de ses jambes, la vie, elle, ne peut lui échapper.
Bien mieux, sa diminution physique lui donne une force nouvelle
pour construire autour de lui l'univers — force que l'agitation de
son corps avait sans doute détournée, ou masquée, jusque-là. Et,
si cette *vie* qu'il élabore semble lui être apparue, au début, comme
une sorte de produit de remplacement — merveilleux pour lui,
mais d'intérêt malgré tout secondaire pour celui qui aurait le
choix —, il la reconnaît très vite pour la plus précieuse, la plus
profonde, la seule probablement à être *réelle...*

« Si tous les hommes vivaient immobiles, comme moi, ils auraient un nom chargé de doute pour désigner les faits qui tournent sur eux-mêmes pour les envelopper... »

Si les hommes vivaient immobiles, s'ils acceptaient d'être ce « trou dans le lit du fleuve », ils verraient l'eau venir à eux de tous côtés, les courants s'organiser de façon nouvelle, plus compréhensible, et le fleuve tout entier prendre son vrai sens.

Cette expérience dramatique, Bousquet n'a pas voulu la faire pour lui seul, et, plus peut-être que par ses œuvres proprement poétiques ou romanesques, c'est par ces réflexions quotidiennes, dans lesquelles il s'acharne à nous faire comprendre sa situation, qu'il se montre irremplaçable. Car sa situation n'est qu'une image cruelle de celle même du créateur.

Le monde sensible qui l'entoure n'est plus, comme le rêve ou le souvenir, que la matière à laquelle il doit prêter son imagination pour la sauver du néant. Il est prisonnier dans sa chambre, il est condamné à l'inaction par la balle qu'il a reçue, mais c'est lui en fin de compte qui donne une existence organisée à sa prison, c'est lui qui rachète au hasard et au chaos cette balle perdue qui l'a brisé. Il n'est plus ici question d'insuffler après coup une conscience à des phénomènes ayant déjà leur vie propre : sans cette création, la matière ne saurait avoir aucune forme ; Bousquet découvre enfin qu'il s'est lui-même infligé sa mutilation.

Dans *le Meneur de Lune* nous suivons la progression de page en page :

« L'accident qui mutile un homme ne touche pas aux sources de son existence ; il n'est mortel qu'à ses habitudes. L'infortune physique ne corrompt que ce qui était à corrompre.

— Ainsi, après avoir été jeté dans ton lit d'infirme, tu as vu ta vie venir à toi ?

— Hélas ! qu'ai-je incarné de plus que l'accident dont j'avais été la victime ? »

Et plus loin : « Fais ta vie à l'image de ce que tu portes en toi de meilleur. Si elle t'impose une loi que tu n'as pas conçue, ne te sépare pas d'elle sous ce prétexte. Vous êtes, elle et toi, le produit de la même volonté. »

Mais plus loin encore : « Ce qui t'advient, tu l'avais souhaité... »

Ce sont d'abord les souvenirs de jeunesse qui se recomposent en décors et événements débarrassés de leur halo, modelés désormais dans une pâte moins fragile. L'opération n'a rien d'appauvrissant, au contraire ; ce n'est pas une maquette schématique qui se substitue à une réalité trop complexe ; ce sont vraiment *la pierre et l'eau* que ce travail « édifie et désenlise ».

« Pas possible, lui dit une amie d'enfance, on dirait que la campagne où nous avons vécu est à cent pieds sous terre et que tu y descends, quand nous croyons te voir. »

Mais Bousquet ne s'y trompe pas ; il sait qu'il « abrite au milieu de ses souvenirs une expérience sournoise et profonde » : il ne s'agit pas de *descendre* vers le village enfoui, mais de le reconstruire, ou plutôt de lui donner pour la première fois le jour ; car le jardin, la maisonnette au bord des flots, la voie ferrée à ses pieds, rien de tout cela n'a encore eu d'existence. Les témoins inattentifs peuvent seuls les confondre avec les bribes éparses, corrompues par les années et la distance, auxquelles ces constructions sont censées se rattacher. Lui sait que leur brillant, leur qualité « de cohérence et de densité immuables », n'appartiennent qu'à un *monde nouveau,* cette fois retrouvé pour toujours. Cette *Neige d'un autre âge* ne fondra pas au premier rayon de soleil.

« Dans mes évocations de Marceillens, ou du village où j'ai grandi, la référence au souvenir s'ajoute comme une concession de plus en plus mollement accordée... Il m'apparaît de plus en plus que rien dans cette opération n'est, à beaucoup près, aussi fictif et convenu que la résolution de l'attribuer à ma mémoire...

« Mon expérience de prisonnier m'a édifié ; libre, j'engendrais l'étendue où je croyais me déplacer comme un objet. Immobilisé, je me suis aperçu que le battement de mon cœur créait sans re-

lâche l'espace où si souvent j'avais cru reconnaître le décor sté-
réotypé de mon enfance. Eussé-je conservé mes jambes, j'aurais
mobilisé de loin le versant boisé d'une promenade et dissous dans
l'effort de l'escalade la sensation que le battement de mon sang
en distribuait les reliefs, sur la pente docile de mon champ visuel.
Maintenant je saisis mieux l'opération qui reste inachevée. Croyant
revivre des souvenirs, je crée sur un modèle de jadis un paysage
où je n'ai plus les moyens de pénétrer, mais où je fais pleuvoir
du temps, avançant parfois une page blanche à travers les fils
consacrés de l'opération magique. »

La découverte est capitale, elle marque l'avènement de l'art en
libérant la littérature du souci de transcrire ou de témoigner. Le
reportage exige de son auteur consciencieux un déplacement physique, où l'essentiel est toujours plus ou moins « dissous dans
l'effort de l'escalade » ; telle qu'elle est ici définie, la *création* est
au contraire inséparable de l'emprisonnement — dont l'orne d'ailleurs volontiers l'imagerie populaire : le poète dans sa tour d'ivoire,
Sade dans son cachot, Marcel Proust dans sa chambre capitonnée
de liège. On a voulu souvent limiter cette prison à une certaine
qualité de solitude, presque toujours entendue comme solitude par
rapport aux hommes. Il faut y voir quelque chose de plus, et
même quelque chose de très différent quant à la portée : non
seulement un isolement plus grave qui éloigne de façon tout aussi
radicale les objets et les décors, mais encore cette dimension nouvelle apportée par l'interdiction de s'en rapprocher. C'est ce que
marque de façon si précise la dernière phrase du paragraphe
— « ... un paysage où *je n'ai plus les moyens de pénétrer,* mais
où *je fais pleuvoir du temps...* » — les deux phénomènes (*paralysie* du créateur et *vie* de la création) y étant non pas juxtaposés
mais liés par une relation causale très stricte. Comme si cette faculté
de donner la vie ne pouvait aller, paradoxalement, sans une certaine
incapacité à vivre ; incapacité contre laquelle se révoltent ceux qui
en sont frappés — bien qu'ils ne cessent, en même temps, de
souhaiter à leur propre malheur un accomplissement définitif (« si

nous pouvions seulement prendre racine ! »), dont la mort est à la fois le terme, l'image la plus parfaite — et la dérision.

« Si seulement mon existence, comme celle d'un arbre, était la fixité d'un lieu... Ou, alors, comme celle de mon esprit, l'effacement de tous les lieux. Mais je suis comme ce passant, là-bas ; regardez-le marcher, il a l'air de courir après une voiture. Il est lui-même, comme la plume qui vole est un oiseau. »

Il y a aussi le faux sommeil du rêve, qui nous donne de l'*état idéal* une approximation moins effrayante — provisoire et réversible en tout cas — et en même temps plus efficace. Comme beaucoup de ses amis surréalistes, Bousquet note avec soin ses rêves ; il aime « la souveraine solitude du songe » ; il redoute « l'angoisse qui l'emprisonne à l'instant du réveil », « angoisse modèle qui nous pénètre jusqu'à l'écœurement de tout l'espace que nous perdons ». Il en vient donc très vite à susciter lui-même ses rêves ; il s'efforce « d'entrer, le visage haut, dans ce monde que l'on dit imaginaire ». Les paupières à demi closes sur ses yeux « pétrifiés », il sent autour de lui l'étendue qui se métamorphose :

« ... Toute la maison se transforme et semble s'agrandir et se taire, édifier sur moi une solitude où le silence croissant de l'espace introduit la majesté et le moutonnement d'une mer. Un mot venu sur mes lèvres achève de me fasciner avec la vision de cet immeuble soudain ouvert à l'invisible et au rien. Ce mot, c'est : absence. »

Mais cet univers du rêve, qui a donné lieu, sous d'autres plumes ou pinceaux, à tant de fantasmagories et de charlatanisme poétique, Bousquet nous en livre le secret — secret d'une simplicité extrême — qui éclaire en même temps les rapports *énigmatiques* qui lient la vie quotidienne à ce que devrait être l'art. Cette fois encore, plutôt que d'en donner une paraphrase plus ou moins inexacte, citons *in extenso* le paragraphe :

« Le rêve est plus réel que la vie éveillée parce que l'objet n'y est plus jamais négligeable : le revolver, l'aiguille et la pendule y *résument des événements qui, sans eux, ne seraient pas. L'évé-nement et l'objet y sont rigoureusement interchangeables,* comme dans ces aventures accomplies et toutes jugées où une chambre d'hôtel raconte intégralement un crime que l'imagination policière est incapable de réinventer sur-le-champ. Et, lisant des histoires criminelles, ou des pages de Raymond Roussel, nous sentons le frisson de l'homme entré par le biais de rapports fictifs *dans la plus nécessaire et la plus exacte de ses fonctions.* »

C'est donc tout d'abord, semble-t-il, un univers signifiant ; l'absurde et le gratuit y sont ramenés à leur place, celle de signes non encore élucidés, qui pour le policier inspectant la « chambre d'hôtel » deviendront peu à peu les indices. Par surcroît, tout y est révélé, objectivé, que ce soit sous l'apparence de matière palpable (les ustensiles du « crime ») ou de traces théoriquement plus fugitives. Les mots et les phrases, par exemple, y deviennent aussi des *objets,* dont la forme pourra donner lieu plus tard aux mêmes analyses. Chacun a pu éprouver — souvent même sans y attacher d'importance — la netteté anormale avec laquelle apparaissent, dans les rêves les plus anodins, une chaise, un caillou, une main, la chute d'un débris quelconque (qui laisse cette impression bizarre qu'elle va de nouveau *se reproduire,* aussi souvent qu'on le voudra, comme si le fragment détaché s'était *éternisé à l'état de chute*), ou, exactement de la même façon, deux ou trois mots (prononcés par on ne sait plus qui) dont l'image est restée dans l'esprit avec autant de précision que s'ils avaient été gravés sur un écriteau à un croisement de routes.

Et l'on s'aperçoit vite que le sens utilitaire de ces mots, comme la signification anecdotique de ces objets criminels, n'ont au fond aucun intérêt. Ce ne sont que des sous-produits possibles des choses elles-mêmes, qui restent seules nécessaires, irremplaçables. Elles s'imposent à nos sens avec une rigueur qui ne doit rien aux explications qu'on leur découvrira ensuite. Leur présence est telle qu'elle suffit à nous convaincre et à nous satisfaire totalement.

Il n'est pas étonnant, dans ces conditions, qu'un monde si parfait (c'est-à-dire achevé, non pas simplifié et obligatoirement à sens unique, mais où l'ambiguïté elle-même est sans bavure), qui n'est plus la promesse d'un au-delà mais délivre au contraire de toute nostalgie, il n'est pas étonnant que ce monde nous tire à lui avec tant de force. L'expression populaire dit : *se réfugier* dans le rêve. Il est question de tout autre chose ; c'est la clef de *ce monde-ci* que nous tenons en main et nous comprenons du même coup que le rêve dont nous parle Bousquet n'est pas tout à fait celui de nos nuits agitées. Ce serait trop facile s'il suffisait de fermer les yeux pour distinguer les contours réels de notre vie. Le décalage nécessaire est moins commode à provoquer et il vaut sans doute mieux pour cela ne pas s'endormir. Comme nous le pressentions, ce *rêve éveillé* pourrait simplement être *l'art*, dont le sommeil il est vrai livre quelquefois des lambeaux, mais que seule une activité consciente nous permet de rassembler.

Ainsi, de même que le souvenir n'était qu'un alibi, les événements et les paysages oniriques ne sont qu'un moyen pour pénétrer l'opacité des phénomènes plus pressants qui nous cernent de toute part, et dont précisément l'urgence nous égare ; encore une fois, c'est « l'effort de l'escalade » qu'il importe de fuir.

Pour tous ceux qui possèdent un corps valide, qui se laissent entraîner par lui et qui chaque jour se dissolvent un peu plus dans le jeu des articulations et des muscles, il convient de réagir contre les visions nocturnes. « Rêver c'est un bon mot pour définir ce qui arrive dans l'imagination d'un homme, immobilisé par le sommeil. » Ce mot, chargé de toutes sortes de sous-entendus vaguement péjoratifs, sert couramment aux hommes d'action pour maintenir l'intégrité de leur santé morale. Cependant Joë Bousquet devine qu'il compte malgré tout des frères parmi ses « ex-semblables ».

« J'approuve, écrit-il, qu'en se rendant à son bureau un homme se raconte qu'il avait rêvé la démarche que, vraiment, il accomplit.

« Mais moi, qui ne me meus pas davantage éveillé qu'endormi, comment adopterais-je vos façons, mes amis, de distinguer ces deux états ? »

Peut-être le rêve sera-t-il donc d'un plus grand secours encore pour ces « amis », qui sont debout et qui marchent, s'ils savent tirer profit de la vue d'*immobile* qui leur est ainsi prêtée ; et en définitive c'est pour la même tâche, l'interprétation du même univers, ou plutôt sa création, qu'il servira à eux comme à lui. « Ce ne serait, avoue-t-il, qu'un jeu absurde de regarder mes rêves si je ne suivais pas sur les objets du jour l'impression qu'ils m'avaient donnée. »

Du reste, « rien ne distingue le rêve du jour : les objets y sont semblables à ceux de la vie éveillée ». Seulement nous les voyons mieux, parce que l'éclairage « tombe de plus haut ».

Nous voici revenus sans conteste sur terre : ce sont bien les « objets du jour » qu'il nous faut recueillir, et la netteté admirable entrevue tout à l'heure pendant un instant est, en réalité, la leur... Du moins elle *doit* l'être. C'est pour l'acquérir qu'ils réclament notre concours.

« N'imite pas le réel, collabore avec lui. Mets tes pensées et tes dons d'expression au service des jours et des faits qui les distinguent, asservis-toi à l'existence des choses, si tu n'es pas ce qui leur manque tu n'es rien, tu enrichiras ce qui est de ce qui en était en toi le pressentiment. »

Le rêve n'est que cela : le « pressentiment » de ce que sera le monde réel quand notre esprit aura donné sa forme définitive à la matière. Malheureusement, ces fragments entraperçus ne suffisent pas à convaincre l'homme de la nécessité où il se trouve d'être ce qui manque aux choses, si bien que, par légèreté ou manque d'imagination, il préfère le plus souvent ignorer les révélations partielles dont il a été le témoin. Sa situation *dans* le monde accroît encore son aveuglement.

« La médiocrité du monde tient à l'imperfection de notre vision, à notre incapacité d'attention. Notre vision des faits demeure vague et brumeuse, pareille à la perspective creusée dans la nuit par les phares d'une auto, et si imparfaite que l'imagination du conducteur doit sans cesse interpréter et paraphraser les signes aperçus. De nuit, on ne voit bien une route qu'en s'arrachant à ce qu'on en voit. »

Plus grave que « l'incapacité d'interpréter les signes » est l'état de mauvaise volonté dans lequel nous trouve cette exigence. Si nous ne pouvons pas, c'est surtout parce que nous ne voulons pas. L'imperfection des phénomènes qui constituent notre univers nous frappe, mais nous nous persuadons qu'elle ne nous concerne pas. Avec la responsabilité du chaos nous abandonnons volontiers à quelque puissance supérieure le souci de parachever l'œuvre, comme si notre condition de *mortels* était une excuse suffisante à notre désistement.

« Adaptée à la vie dont elle réfléchit tous les faits, la pensée s'interdit d'en faire la somme. Nous ne voyons que le fait dans un fait, nous nous interdisons d'y déchiffrer un épisode d'une vie vouée à la mort.

« Notre pensée ne veut pas être la pensée de notre vie. Nous regardons passer les choses pour oublier qu'elles nous regardent mourir. »

Contre cette inacceptable abdication, Bousquet développe une sorte de prédication obstinée, dont les thèmes essentiels transparaissent à travers toute son œuvre. La *matière réelle* est, dit-il, encore invisible : « Ce que tu appelais de ce nom n'en est même pas l'image. La vraie matière est recouverte. Il faut que ton âme se mêle à elle pour te la montrer. » De même, le temps et l'espace sont l'œuvre de l'homme, ou plutôt *seront* son œuvre. Ce qu'il y a à sauver, ce n'est pas soi-même, « c'est la terre, le caillou, la cendre. *Ton devoir est d'opérer le salut de l'espace et du temps.* » Il y a, dans la volonté de devenir ce sauveur, à la fois beaucoup d'orgueil et la plus grande humilité, car la personne humaine y disparaît totalement au profit d'une création problématique qui est seule à *devoir être*. Mais, par vanité maladroite,

90

l'homme veut d'abord « être », c'est cela justement qui fait son néant. « Tu n'es pas... Tu n'es même pas maudit. La malédiction n'est que le lieu de ta dérisoire et monstrueuse liberté. »

La plus haute qualité de notre esprit est seulement la faculté (et en termes de morale : le devoir) de concevoir une forme qui puisse donner l'unité au monde et « l'élever à notre ressemblance ». Ce sera, par un juste retour, le véritable avènement de l'homme, de cet homme qui est « à venir ».

« L'homme-nébuleuse est à rendre réel... »

Les faits sont difficilement pénétrables. Néanmoins nous y découvrons peu à peu le dessin de notre vie. Parlant de la sienne, Bousquet — dont un sort tragique semblait avoir, par hasard, brisé l'existence — écrit : « Il ne s'y produit pas un fait qui ne soit un trait de mon âme. » Et plus loin : « Je suis à la fois le sujet et l'œuvre de ma volonté... L'homme existe par son adhésion aux événements, par sa façon d'accomplir, à travers eux, l'événement qu'il aura été. » Qui, mieux que ce blessé de guerre cloué depuis vingt ans à son lit, pouvait nous rendre si émouvant et si explicite un tel enseignement ?

Il ne suffit pas de récupérer le hasard. Mieux camouflés encore que les événements a priori absurdes sont ceux qui semblent déjà intégrés dans un ordre, superficiel mais rassurant, qui leur tient lieu de signification. Ceux-là passent tout à fait inaperçus, on oublie de s'en méfier et ils ne nous étouffent que plus sûrement.

« Les faits les plus innocents, les mieux liés à leurs causes paraissent se subordonner à des relations souterraines dont notre âme aurait fourni le tracé. Intervenant dans un monde refroidi, ils adhèrent cependant pour une période très courte à des vœux que nous formions à leur propos. On dirait qu'ils se sont rencontrés en nous cherchant et, tout en se pliant à des lois physiques, se sont, loin de nous, arrangés déjà à la manière d'un rêve. Enfin, ils ont été notre souvenir avant de nous être aventure. »

Sans doute la plus sérieuse conquête du surréalisme aura-t-elle été de rendre, par une recherche systématique, aux « miracles apparents qui jettent un doute si vif sur la vision commune du réel » toute leur valeur et tout leur poids : ceux de « gages évidents d'un ordre inconnu » ; c'est en les dépistant sans faiblesse que nous entrerons « dans le château de chaque instant. » Il est vain, en revanche, d'user ses forces à « rapprocher arbitrairement un fer à repasser et un faux-col en celluloïd » ; « l'impossibilité de trouver jamais du gratuit dans les rapports les plus hasardeux » nous dispense de ces amusements, le monde quotidien offre assez de richesses pour que nous puissions nous tenir à l'écart des extravagances. Les phénomènes les plus ordinaires seront en fin de compte les plus merveilleux.

Nous devons enfin nous garder des constructions allégoriques et du symbolisme. (Là aussi nous retrouvons une idée chère aux amis d'André Breton.) Chaque objet, chaque événement, chaque forme, est en effet son propre symbole : « *Ne dites pas qu'il y a des croix de bois et le signe de la croix. Il y aurait un signe irréel et une chose signifiée, qui serait réelle. L'un et l'autre sont, à la fois, des réalités et des signes.* »

L'univers de Bousquet — le nôtre — est un univers de signes. Tout y est signe ; et non pas signe de quelque chose d'autre, quelque chose de plus parfait situé hors de notre portée, mais signe de soi-même, de cette réalité qui demande seulement à être révélée.

Nous disposons pour cela d'une arme singulière, qui est le corps de la parole et de l'écriture, *le langage*. Encore le mot d'arme ne convient-il qu'à moitié pour désigner ce qui nous apparaît en même temps comme un moyen et comme une fin : étant le signe par excellence (la représentation de tous les signes), il ne saurait lui non plus avoir de signification entièrement en dehors de soi. Rien, en somme, ne peut lui être extérieur.

« Le langage n'est pas contenu dans la conscience, il la contient... L'expérience du langage enferme toutes les autres... Après avoir écrit à une femme : « Je te prendrai dans mes bras », je n'ai plus que son fantôme à saisir... »

Si bien qu'au-delà du langage il n'y a probablement plus rien. Le monde « se fait en nous » et « s'achève par la parole », car la parole est vérité : « Vérité quand de l'acte de nommer un objet elle tire l'avènement de l'homme. »

Ecrire, c'est « donner notre réalité à la vérité, de qui nous la tenions, afin de redevenir dans son sein légers commes des rêves ».

« Ayons le courage d'en convenir. L'homme n'existe que hors de lui-même, il n'est que le négatif de l'existence et ce serait pour lui un progrès marqué que de se supprimer tout à fait. Le paradoxe semble de taille. Notre existence serait-elle à conquérir ? Franchement je le crois. Nous sommes l'être à l'état de chute, de l'être en exil, aussi éloignés de la vie que le froid mortel à qui appartient cependant le privilège de purifier l'atmosphère et de donner la cohérence et la solidité à une masse d'eau. J'ai compris. Je veux recueillir mon néant à l'ombre d'une réalité digne de la lumière et forger de mes mains un objet qui efface mes traces. »

Un texte « serré et irréductible », si parfait qu'il ne semble pas « avoir été touché », un objet si parfait qu'il effacerait nos traces... Ne reconnaissons-nous pas ici la plus haute ambition de tout écrivain ?

Sans doute est-ce par cette réflexion constante sur la création littéraire (ou, d'une façon plus générale, artistique) que l'œuvre de Joë Bousquet demeure pour nous si précieuse. Et, à cause d'elle, il faut passer sur ce que ces pages peuvent avoir parfois de gênant : qui parle de « chute » et de « l'être en exil » semble bien près de parler du péché originel. Même sans lui tenir rigueur de l'emploi fréquent du mot « âme » là où le mot *imagination* conviendrait certes plus clairement à son propos, nous ne pouvons réprimer notre agacement devant l'espèce de mysticisme (d'ailleurs hérétique) qui baigne toute la pensée de Bousquet. Plus grave qu'un vocabulaire suspect (« âme », « salut », etc.), il y a chez lui cette tentative de *récupération globale* de l'univers par l'esprit humain. L'idée de *totalité* mène toujours plus ou moins directement à celle de vérité absolue, c'est-à-dire supérieure, donc bientôt à l'idée de Dieu.

Cependant, c'est ici l'homme lui-même qui doit « donner l'unité au monde et l'élever à sa ressemblance ». On regrette surtout qu'il ne soit pas précisé que l'opération restera à l'échelle humaine et aura de l'importance pour l'homme seulement, qu'il n'atteindra ainsi à aucune essence des choses, et que la création enfin, à laquelle on nous invite, sera toujours à recommencer, par nous-mêmes puis par ceux qui viendront après nous.

C'est alors en effet que l'*invention* du monde peut prendre tout son sens — invention permanente, qui, on nous le dit bien, appartient aux artistes mais aussi à tous les hommes. Dans le rêve, dans le souvenir, comme dans le regard, notre imagination est la force organisatrice de notre vie, de *notre* monde. Chaque homme, à son tour, doit réinventer les choses autour de lui. Ce sont les vraies choses, nettes, dures et brillantes, du monde réel. Elles ne renvoient à aucun autre monde. Elles ne sont le signe de rien d'autre que d'elles-mêmes. Et le seul contact que l'homme puisse entretenir avec elles, c'est de les imaginer.

SAMUEL BECKETT OU LA PRÉSENCE SUR LA SCÈNE

(1953 et 1957)

La condition de l'homme, dit Heidegger, c'est d'être là. Probablement est-ce le théâtre, plus que tout autre mode de représentation du réel, qui reproduit le plus naturellement cette situation. Le personnage de théâtre *est en scène,* c'est sa première qualité : il est *là.*

La rencontre de Samuel Beckett avec cette exigence présentait, a priori, un exceptionnel intérêt : on allait enfin voir l'homme de Beckett, on allait voir *l'Homme.* Car le romancier, à force de s'exténuer dans sa recherche, ne parvenait qu'à réduire de plus en plus, à chaque page, nos possibilités de l'appréhender.

Murphy, Molloy, Malone, Mahood, Worm, le héros des récits de Beckett se dégrade de livre en livre, et de plus en plus vite. Infirme, mais capable encore de se déplacer sur une bicyclette, il perd rapidement l'usage de ses membres, l'un après l'autre ; ne pouvant même plus se traîner, il se voit ensuite enfermé dans une chambre, où ses sens l'abandonnent peu à peu. La chambre en se rétrécissant est bientôt réduite à une simple jarre où un tronc pourrissant, et évidemment muet, achève de se désagréger. Enfin il ne reste plus que ceci : « la forme de l'œuf et la consistance du mucilage ». Mais cette forme et cette consistance sont elles-mêmes niées aussitôt par un absurde détail vestimentaire : le personnage porte des molletières, ce qui est particulièrement impossible à un œuf. Nous sommes donc une fois de plus mis en garde : l'homme, ce n'est pas encore cela.

Ainsi toutes ces créatures, qui ont défilé sous nos yeux, elles ne servaient qu'à nous abuser ; elles occupaient les phrases du roman à la place de l'être insaisissable qui refuse toujours d'y paraître, l'homme incapable de récupérer sa propre existence, celui qui ne parvient jamais à être présent.

Mais, maintenant, nous sommes au théâtre. Voici que le rideau se lève...

Le décor ne représente rien, ou à peu près. Une route ? Disons, d'une façon plus générale : *dehors*. La seule précision notable est constituée par un arbre, chétif, à peine un arbuste, et sans la moindre feuille ; disons : un squelette d'arbuste.

Deux hommes sont en scène, sans âge, sans profession, sans situation de famille. Sans domicile non plus ; donc : deux *vagabonds*. Physiquement, ils ont l'air intacts. L'un enlève ses chaussures, l'autre parle des Evangiles. Ils mangent une carotte. Ils n'ont rien à se dire. Ils s'adressent l'un à l'autre en se servant de deux diminutifs, qui semblent ne se rapporter à aucun nom identifiable : Gogo et Didi.

Ils regardent à droite et à gauche, ils font mine de partir, de se quitter, et reviennent toujours l'un près de l'autre au milieu de la scène. Ils ne peuvent pas aller ailleurs : ils attendent un nommé Godot, dont on ne sait rien non plus, sinon qu'il ne viendra pas ; depuis le début, cela, au moins, est évident pour tout le monde.

Et personne ne s'étonne lorsque arrive un jeune garçon (Didi croit d'ailleurs l'avoir déjà vu la veille) qui leur apporte ce message : « Monsieur Godot ne viendra pas aujourd'hui, il viendra demain sûrement. » Puis, la lumière décroît, avec rapidité ; c'est la nuit. Les deux vagabonds décident de s'en aller, pour revenir le lendemain. Mais ils ne bougent pas. Le rideau tombe.

Auparavant, deux autres personnages sont venus faire diversion : Pozzo, à l'aspect florissant, qui tenait en laisse Lucky, son serviteur — celui-là tout à fait en ruine. Pozzo s'est assis sur un pliant, a mangé une cuisse de poulet, fumé une pipe ; puis il a entrepris une description ampoulée du crépuscule. Lucky, au commandement, a effectué quelques sautillements, en guise de « danse », et débité à toute vitesse un incompréhensible discours, fait de bégaiements et de lambeaux.

Voilà pour le premier acte.

Acte deux : le lendemain. Mais est-ce bien le lendemain ? Ou après ? Ou avant ? En tout cas le décor est le même, à un détail près : l'arbre a maintenant trois feuilles.

Didi chante une chanson, sur ce thème : un chien vola une saucisse, on le tua, on l'enterra, sur sa tombe on écrivit : un chien vola une saucisse... (*ad libitum*). Gogo remet ses chaussures, il mange un radis, etc. Il ne se rappelle pas être déjà venu en cet endroit.

Pozzo et Lucky reviennent : Lucky est muet, Pozzo est aveugle et ne se souvient de rien. Le même petit garçon revient porter le même message : « Monsieur Godot ne viendra pas aujourd'hui ; il viendra demain. » Non, l'enfant ne connaît pas les deux vagabonds, il ne les a jamais vus nulle part.

De nouveau c'est la nuit. Gogo et Didi essayeraient bien de se pendre — les branches de l'arbre sont peut-être assez solides —, malheureusement ils n'ont pas de corde... Ils décident de s'en aller, pour revenir le lendemain. Mais ils ne bougent pas. Le rideau tombe.

Cela s'appelle : « En attendant Godot ». La représentation dure près de trois heures.

De ce seul point de vue, il y a là de quoi surprendre : pendant ces trois heures, la pièce *tient,* sans un creux alors qu'elle n'est faite que de vide, sans un à-coup alors qu'il semblerait qu'elle n'ait jamais de raison de continuer ou de prendre fin. D'un bout à l'autre les spectateurs suivent ; ils peuvent perdre contenance parfois, mais ils restent comme accrochés à ces deux êtres, qui ne font rien, qui ne disent à peu près rien, qui n'ont d'autre qualité que d'être présents.

Dès la création, la critique quasi unanime soulignait le caractère *public* du spectacle. En effet les mots « théâtre de laboratoire » ne conviennent plus ici : il s'agit de théâtre tout court, que tout le monde peut voir, dont chacun tire aussitôt son profit.

Est-ce à dire que personne ne se méprend ? Certes, non. On se méprend même de toute part, comme chacun justement se méprend sur sa propre misère. Les explications ne manquent pas, qu'on nous souffle à droite et à gauche, plus vaines les unes que les autres :

Godot, c'est Dieu. Ne voyez-vous pas la racine *God* que l'auteur emprunte à sa langue maternelle ? Après tout, pourquoi pas ? Godot — pourquoi pas, aussi bien ? —, c'est l'idéal terrestre d'un ordre social meilleur. N'en espère-t-on pas le vivre et le couvert, ainsi que la possibilité de ne plus recevoir de coups ? Et ce Pozzo, qui précisément n'est pas Godot, n'est-ce pas celui qui tient asservie la pensée ? Ou bien Godot, c'est la mort : on se pendra demain, si elle ne vient pas toute seule. Godot, c'est le silence ; il faut parler *en l'attendant :* pour avoir à la fin le droit de se taire. Godot, c'est ce *moi* inaccessible que Beckett poursuit à travers toute son œuvre, avec cet espoir, toujours : « Cette fois, peut-être, ça va être moi, enfin. »

Mais ces images, même les plus dérisoires, qui tentent ainsi tant bien que mal de limiter les dégâts, n'effacent dans l'esprit de personne la réalité même du drame, cette part à la fois la plus profonde et tout à fait superficielle, dont il n'y a rien d'autre à dire : Godot, c'est ce personnage que deux vagabonds attendent au bord d'une route, et qui ne vient pas.

Quant à Gogo et Didi, ils refusent encore plus obstinément toute autre signification que la plus banale, la plus immédiate : ce sont des hommes. Et leur situation se résume en ce simple constat, au-delà duquel il ne paraît pas possible de progresser : ils sont là, ils sont sur la scène.

Des tentatives existaient sans doute déjà, depuis quelque temps, qui refusaient le mouvement scénique du théâtre bourgeois. *Godot* cependant marque, dans ce domaine, une sorte d'aboutissement. Nulle part le risque n'avait été si grand, car il s'agit bien cette fois, sans ambiguïté, de l'essentiel ; nulle part, non plus, les moyens employés n'avaient été si *pauvres ;* or jamais, en fin de compte, la marge de malentendu n'a été aussi négligeable. A tel point que nous sommes obligés de faire un retour en arrière pour mesurer ce risque et cette pauvreté.

Il paraissait raisonnable de penser, jusqu'à ces dernières années, que, si le roman par exemple pouvait s'affranchir de beaucoup de ses règles et accessoires traditionnels, le théâtre du moins devait montrer plus de prudence. L'œuvre dramatique, en effet, n'accède à sa vie propre qu'à la condition d'une entente avec un public, quel qu'il soit ; il fallait donc entourer celui-ci d'attentions : lui présenter des personnages hors-série, l'intéresser par des situations piquantes, le prendre dans les engrenages d'une intrigue, ou alors le sortir violemment de lui-même par une invention verbale constante, relevant plus ou moins du délire, ou du lyrisme poétique.

Que nous propose *En attendant Godot ?* C'est peu de dire qu'il ne s'y passe rien. Qu'il n'y ait ni engrenages ni intrigue d'aucune sorte, cela d'ailleurs s'est déjà vu sur d'autres scènes. Ici, c'est *moins que rien* qu'il faudrait écrire : comme si nous assistions à une espèce de régression au-delà du rien. Comme toujours chez Samuel Beckett, ce peu qu'on nous avait donné au départ — et qui nous semblait être rien — se corrompt bientôt sous nos yeux, se dégrade encore, semblable à ce Pozzo qui revient privé de la vue, traîné par un Lucky privé de la parole — semblable aussi, par dérision, à cette carotte qui au second acte n'est plus qu'un radis...

« Ceci devient vraiment insignifiant », dit à ce propos l'un des compères. « Pas encore assez », dit l'autre. Et un long silence ponctue sa réponse.

On jugera du même coup, d'après ces deux répliques, à quelle distance nous nous trouvons du délire verbal mentionné plus haut.

Du début jusqu'à la fin le dialogue est *mourant,* exténué, situé constamment à ces frontières de l'agonie où se meuvent tous les « héros » de Beckett, dont même, bien souvent, on ne pourrait affirmer qu'ils sont encore de ce côté-ci de leur mort. Au milieu des silences, des redites et des phrases toutes faites (du genre : « On est ce qu'on est. Le fond ne change pas »), l'un ou l'autre des deux vagabonds propose çà et là, pour passer le temps, de faire la conversation, de « se repentir », de se pendre, de raconter des histoires, de s'injurier, de jouer à « Pozzo et Lucky », mais chaque fois la tentative tourne court et se perd après quelques échanges incertains dans des points de suspension, des renoncements, des échecs.

Quant à l'argument, il se résume en trois mots — « On attend Godot » — qui reviennent sans cesse, comme un refrain. Mais comme un refrain stupide et lassant, car cette attente n'intéresse personne ; elle ne possède pas, en tant qu'attente, la moindre valeur scénique. Ce n'est ni un espoir, ni une angoisse, ni même un désespoir. C'est tout juste un alibi.

Dans cette désagrégation générale, il y a comme un point culminant — c'est-à-dire, en l'occurrence, l'envers d'un point culminant : un bas-fond, un cul-de-basse-fosse. Lucky et Pozzo, infirmes, se sont effondrés l'un sur l'autre au milieu de la route ; ils ne peuvent plus se relever. Après un long marchandage, Didi vient à leur secours, mais il trébuche et s'affale sur eux ; il doit à son tour appeler à l'aide. Gogo lui tend la main, perd l'équilibre et tombe. Il n'y a plus un seul personnage debout. Il n'y a plus sur la scène que ce tas grouillant et geignant, où l'on aperçoit alors la figure de Didi qui s'éclaire, pour prononcer d'une voix presque rassérénée : « Nous sommes des hommes ! »

On connaissait le théâtre d'idées. C'était un sain exercice d'intelligence, qui avait son public (bien qu'il y soit fait parfois bon marché des situations et de la progression dramatique). On s'y ennuyait un peu, mais on y « pensait » ferme, dans la salle comme sur la scène. La pensée, même subversive, a toujours quelque chose de rassurant. La parole — la belle parole — rassure aussi. Combien le discours noble et harmonieux n'aura-t-il pas créé de malentendus, servant de masque tour à tour aux idées ou à leur absence !

Ici, pas de malentendu : pas plus de pensée que de belle parole ; l'une comme l'autre ne figure dans le texte que sous forme de parodie, d'*envers* une fois de plus, ou de cadavre.

La parole, c'est ce « crépuscule » décrit par Pozzo ; annoncé comme un morceau de choix à grand renfort d'éclaircissements de gorge et de claquements de fouet, truffé d'expressions choisies et de gestes dramatiques, mais saboté parallèlement par des interruptions soudaines, des exclamations familières, des baisses d'inspiration grotesques :

« ... (Sa voix se fait chantante.) Il y a une heure (il regarde sa montre, ton prosaïque) environ, (ton à nouveau lyrique) après nous avoir versé depuis (il hésite, le ton baisse) mettons dix heures du matin (le ton s'élève) sans faiblir des torrents de lumière rouge et blanche », etc., jusqu'à cette fin en queue de poisson, crachée d'une voix morne, après un silence : « C'est comme ça que ça se passe sur cette putain de terre. (Long silence.) »

Et voici la pensée maintenant. Les deux vagabonds ont posé une question à Pozzo, mais personne ne peut se rappeler laquelle. Tous les trois se découvrent simultanément, portent la main au front, se concentrent, crispés. Long silence. Tout à coup Gogo s'exclame, il a trouvé : « Pourquoi ne dépose-t-il pas ses bagages ? »

Il s'agit de Lucky. C'est effectivement la question qui a été posée quelques minutes plus tôt, mais dans l'intervalle le serviteur a déposé les bagages ; si bien que Didi convainc tout le monde en concluant : « Puisqu'il a déposé les bagages, il est impossible que nous ayons demandé pourquoi il ne les dépose pas. » Ce qui est la logique même. Dans cet univers où le temps ne coule pas, les mots *avant* et *après* n'ont aucun sens ; seule compte la situation présente : les bagages *sont* déposés, comme depuis toujours.

De tels raisonnements se rencontraient déjà chez Lewis Carroll ou Jarry. Beckett fait mieux : il nous montre son penseur spécialisé, Lucky ; sur l'injonction de son maître (« Pense ! Porc ! »), il commence : « Etant donné l'existence telle qu'elle jaillit des récents travaux publics de Poinçon et Wattmann d'un Dieu personnel quaquaquaqua à barbe blanche quaqua hors du temps de l'étendue qui du haut de sa divine apathie sa divine athambie sa divine aphasie nous aime bien à quelques exceptions près on ne sait pourquoi mais ça viendra et souffre à l'instar... », etc. Les autres sont obligés, pour le faire taire, de le renverser, de le bourrer de coups, de le piétiner et, seule méthode vraiment efficace, de lui enlever son chapeau. Comme dit l'un des deux compères : « Penser, ce n'est pas le pire. »

On ne saurait trop insister sur le sérieux de semblables réflexions. Soixante-dix siècles, et plus, d'analyse et de métaphysique ont tendance, au lieu de nous rendre modestes, à nous dissimuler la faiblesse de nos ressources lorsqu'il s'agit de l'essentiel. En fait, tout se passe comme si l'importance réelle d'une question se mesurait, précisément, à l'impossibilité où nous sommes de lui appliquer une pensée honnête, sinon pour la faire rétrograder.

C'est ce mouvement — cette régression si dangereusement contagieuse — que marque toute l'œuvre de Beckett. Les deux comparses, Lucky et Pozzo, se sont donc dégradés d'un acte à l'autre, à l'instar des Murphy, Molloy, Malone, etc. Les carottes se sont réduites à des radis. La chanson cyclique sur le chien voleur, Didi a même fini par en perdre le fil. Et il en est à l'avenant de tous les autres accessoires de la pièce.

Mais les deux vagabonds, eux, demeurent intacts, inchangés. Aussi sommes-nous certains, cette fois, qu'ils ne sont pas de simples marionnettes dont le rôle se bornerait à masquer l'absence

102

du protagoniste. Ce Godot qu'ils sont censés attendre, ce n'est pas lui *qui a « à être »*, mais eux, Didi et Gogo.

Nous saisissons tout à coup, en les regardant, cette fonction majeure de la représentation théâtrale : montrer en quoi consiste le fait d'*être là*. Car c'est cela, précisément, que nous n'avions pas encore vu sur une scène, ou en tout cas que nous n'avions pas vu avec autant de netteté, si peu de concessions et tant d'évidence. Le personnage de théâtre, le plus souvent, ne fait que *jouer un rôle*, comme le font autour de nous ceux qui se dérobent à leur propre existence. Dans la pièce de Beckett, au contraire, tout se passe comme si les deux vagabonds se trouvaient en scène *sans avoir de rôle*.

Ils sont là ; il faut qu'ils s'expliquent. Mais ils ne semblent pas avoir de texte tout préparé et soigneusement appris par cœur, pour les soutenir. Ils doivent inventer. Ils sont libres.

Bien entendu, cette liberté est sans emploi : de même qu'ils n'ont rien à réciter, ils n'ont rien *à inventer* non plus ; et leur conversation, qu'aucune trame ne soutient, se réduit à des fragments dérisoires : répliques automatiques, jeux de mots, discussions fictives plus ou moins avortées. Ils essaient un peu de tout, au hasard. La seule chose qu'ils ne sont pas libres de faire, c'est de s'en aller, de cesser d'être là : il faut bien qu'ils demeurent puisqu'ils attendent Godot. Ils sont là au premier acte, du début jusqu'à la fin, et quand le rideau tombe c'est, malgré l'annonce de leur départ, sur deux hommes qui continuent d'attendre. Ils sont là encore au deuxième acte, qui n'apporte rien de nouveau ; et de nouveau, malgré l'annonce de leur départ, ils restent en scène lorsque le rideau tombe. Ils seront encore là le lendemain, le lendemain du lendemain, et ainsi de suite... *from day to day, to-morrow, and to-morrow, and to-morrow...* seuls en scène, debout, inutiles, sans avenir ni passé, irrémédiablement présents.

Mais voilà que l'homme lui-même, celui qui est là sous nos yeux, finit par se dégrader à son tour. Le rideau se relève sur une nouvelle pièce : *Fin de Partie,* une « vieille fin de partie perdue », précise Hamm, le protagoniste.

Pas plus que ses prédécesseurs, Didi et Gogo, Hamm n'a la possibilité de partir pour aller ailleurs. Mais la raison en est devenue tragiquement physique : il est paralysé, assis dans un fauteuil au milieu de la scène, et il est aveugle. Autour de lui il n'y a rien que de hauts murs nus, sans fenêtre accessible. Clov, une sorte d'infirmier à demi impotent lui-même, s'occupe tant bien que mal du moribond : il peut juste, en guise de promenade, traîner le fauteuil de celui-ci, en rond, le long des murs.

Par rapport aux deux vagabonds, Hamm a donc perdu cette liberté dérisoire qui leur restait : ce n'est plus lui qui choisit de ne pas s'en aller. Lorsqu'il demande à Clov de construire un radeau et de l'y transporter, afin d'abandonner son corps au gré des courants marins, il ne peut s'agir cette fois que d'une plaisanterie ; comme si Hamm, en renonçant aussitôt à ce projet, cherchait à se donner l'illusion du choix. En fait, il nous apparaît comme enfermé dans sa retraite ; s'il n'a pas le désir d'en sortir, il n'en a pas non plus les moyens. C'est là une notable différence : il ne s'agit plus pour l'homme d'affirmer une position, mais de subir un sort.

Et cependant, à l'intérieur de sa prison, il opère encore une parodie de choix : sa promenade, il l'interrompt tout de suite, il exige qu'on le ramène au centre, exactement au centre de la scène ; bien que ne voyant rien, il prétend être sensible au moindre écart dans un sens ou dans l'autre.

Etre au milieu, être immobile, ce n'est pas suffisant : il faut encore se débarrasser de tous les accessoires inutiles ; Hamm rejette bientôt, hors de portée, tout ce qu'il possédait encore : un sifflet pour appeler, un bâton dont il pouvait à la rigueur se servir pour déplacer son fauteuil, une ébauche de chien en chiffon qu'il pouvait caresser. Enfin il faut la solitude : « C'est fini, Clov, nous avons fini. Je n'ai plus besoin de toi. »

En effet, le rôle du compagnon se termine : il n'y a plus de biscuit, il n'y a plus de calmant, il n'y a plus rien à donner au malade. Clov n'a plus qu'à s'en aller. Il le fait... ou du moins il décide de le faire, mais, chapeau sur la tête et valise à la main, tandis que Hamm l'appelle en vain et le croit déjà loin peut-être, Clov reste là, près de la porte ouverte, les yeux fixés sur Hamm qui voile son visage sous un linge sanglant, tandis que le rideau tombe.

Ainsi, jusque dans cette dernière image, nous retrouvons bien le thème essentiel de la *présence :* tout ce qui est *est ici,* hors de la scène il n'y a que le néant, le non-être. Il ne suffit pas que Clov, monté sur un escabeau pour accéder aux minuscules ouvertures donnant sur le pseudo-monde extérieur, nous renseigne d'un mot sur le « paysage » : une mer vide et grise côté cour, un désert côté jardin. En réalité cette mer, ce désert, d'ailleurs invisibles pour le spectateur, sont inhabitables au sens le plus strict du mot : autant que pourrait l'être une toile de fond où seraient peints de l'eau ou du sable. D'où ce dialogue : « Pourquoi restes-tu avec moi ? — Pourquoi me gardes-tu ? — Il n'y a personne d'autre. — Il n'y a pas d'autre place. » Hamm, d'ailleurs, ne cesse de le souligner : « Hors d'ici, c'est la mort », « Loin tu serais mort », « Loin de moi c'est la mort », etc.

De même, tout est présent dans le temps, comme tout l'est dans l'espace. A cet *ici* inéluctable, répond un éternel *maintenant :* « Hier ! Qu'est-ce que ça veut dire : hier ? » s'exclame à plusieurs reprises Hamm. Et la conjonction de l'espace et du temps donne seulement, au sujet d'un troisième personnage éventuel, cette certitude : « S'il existe, il viendra ici. »

Sans passé, sans ailleurs, sans autre avenir que la mort, l'univers ainsi défini est nécessairement privé de sens, dans les deux acceptions du terme : il exclut aussi bien toute idée de *progrès* qu'une quelconque *signification.*

Hamm, tout à coup, est pris d'un doute : « On n'est pas en train de... de... signifier quelque chose ? » demande-t-il avec émotion. Clov le rassure aussitôt : « Signifier ? Nous, signifier ! (rire bref). Ah elle est bonne ! »

Mais cette attente de la mort, cette misère physique qui s'aggrave, ces menaces que Hamm brandit devant Clov (« Un jour tu seras aveugle. Comme moi. Tu seras assis quelque part, petit plein perdu dans le vide, pour toujours, dans le noir. Comme moi. Un jour tu diras, Je suis fatigué, je vais m'asseoir, et tu iras t'asseoir. Puis tu te diras, J'ai faim, je vais me lever et me faire à manger. Mais tu ne te lèveras pas... »), toute cette pourriture progressive du présent, cela constitue malgré tout un avenir.

Alors la peur de « signifier quelque chose » se justifie parfaitement : par cette conscience acceptée d'un déroulement tragique, le monde a récupéré d'un seul coup toute sa signification.

Et parallèlement, devant une telle menace (ce futur à la fois terrible et fatal), on peut dire que le présent n'est plus rien, qu'il disparaît, escamoté à son tour, perdu dans la faillite générale. « Plus de calmant... », « Plus de biscuit... », « Plus de bicyclette... », « Plus de nature... »... *Il n'y a plus de présent,* pourrait annoncer enfin Clov, de la même voix morne et triomphante.

« Instants nuls, toujours nuls... », dit Hamm dans son monologue final, conclusion logique à la phrase maintes fois reprise : « Ça avance. Ça avance. Quelque chose suit son cours. » Et, en définitive, Hamm est acculé à la constatation de son échec : « Je n'ai jamais été là. Clov !... Je n'ai jamais été là... Absent, toujours. Tout s'est fait sans moi... »

De nouveau le trajet fatal s'est accompli. Hamm et Clov, successeurs de Gogo et Didi, ont retrouvé le sort commun de tous les personnages de Beckett : Pozzo, Lucky, Murphy, Molloy, Malone, Mahood, Worm..., etc.

La scène de théâtre, lieu privilégié de la présence, n'a pas résisté longtemps à la contagion. La progression du mal s'est faite au même rythme sûr que dans les récits. Après avoir cru un moment que nous avions saisi le vrai homme, nous sommes donc contraints de confesser notre erreur. Didi n'était qu'une illusion, c'est sans doute ce qui lui donnait cette allure dansante, ce balancement d'une jambe sur l'autre, ce costume légèrement clownesque... Il n'était, lui aussi, qu'une créature de mensonge, provisoire en tout cas, vite retombée dans le domaine du rêve et de la fiction.

« Je n'ai jamais été là », dit Hamm, et devant cet aveu plus rien ne compte, car il est impossible de l'entendre autrement que sous sa forme la plus générale : *Personne n'a jamais été là.*

Et si, après *Godot* et *Fin de Partie,* vient maintenant une troisième pièce, ce sera probablement de nouveau *L'Innommable,* troisième volet de la trilogie romanesque. Hamm nous en laisse déjà imaginer le ton, par le roman qu'il invente au fur et à mesure, créant des péripéties factices et faisant agir des fantômes de personnages. Puisqu'il n'est pas là lui-même, il ne lui reste plus qu'à se raconter des histoires, à manœuvrer des marionnettes, à sa place, pour aider à passer le temps... A moins que Samuel Beckett ne nous réserve de nouvelles surprises...

UN ROMAN QUI S'INVENTE LUI-MÊME

(1954)

« J'y pense, j'y pense, un livre quelle prétention dans un sens, mais quelle extraordinaire merveille s'il est raté dans les grandes largeurs. » Ainsi Robert Pinget nous prévient de ses ambitions et cet écrivain honnête (l'espèce n'est pas si répandue), qui met tout son soin, depuis déjà quelques années, à *rater* ses livres dans les grandes largeurs, est en train de passer à peu près inaperçu — même des spécialistes, noyés par profession dans le flot quotidien des récits linéaires, et réussis — alors que ces livres (ceux de Pinget), apparemment *sans queue ni tête,* sont peut-être déjà précisément les « extraordinaires merveilles » annoncées.

Il faut bien tenter d'en retracer, sinon les anecdotes — qui se nouent et se dissolvent à chaque page dans des contradictions, des variantes et des sauts périlleux où l'on retombe moins souvent sur les pieds que sur la tête — du moins le *mouvement* qui, s'il est quelquefois difficile à saisir au milieu de ce sabotage permanent, n'est jamais en fin de compte ni hasardeux ni conventionnel.

Mahu ou le Matériau, ce titre est déjà un programme. Les personnages de ce *roman* n'appartiennent ni au domaine de la psychologie, ni à celui de la sociologie, ni même au symbolisme, ni, encore moins, à l'histoire ou à la morale ; ce sont des *créations pures* qui ne relèvent que de l'esprit de création. Leur existence, au-delà d'un passé confus de rêves et d'impressions insaisissables, n'est qu'un devenir sans projet soumis de phrase en phrase aux plus extravagantes mutations, à la merci de la moindre pensée qui traverse l'esprit, de la moindre parole en l'air ou du plus fugitif soupçon. Pourtant ils *se font* eux-mêmes, mais au lieu que ce

108

soit chacun d'eux qui crée sa propre réalité, c'est l'ensemble qui se fait, comme un tissu vivant dont chaque cellule bourgeonne et sculpte ses voisines ; ces personnages se fabriquent sans cesse les uns les autres, le monde autour d'eux n'est encore qu'une sécrétion — on pourrait presque dire le *déchet* — de leurs suppositions, de leurs mensonges, de leur délire. Bien sûr, ce mode de croissance n'est pas très sain, il fait plus songer à quelque prolifération pathologique qu'au développement du grain de blé orienté sans détour vers l'épi à produire. L'histoire à ce compte ne peut que tourner en rond, à moins qu'elle ne vienne buter tout à coup au fond d'un cul-de-sac, pour retourner sans se gêner en arrière ; ailleurs encore elle bifurque en deux ou plusieurs séries parallèles, qui réagissent aussitôt l'une sur l'autre, se détruisant mutuellement ou se rassemblant en une synthèse inattendue.

Il y a là le romancier Lattirail, mademoiselle Lorpailleur, également romancière, le postier Sinture qui détourne et truque la correspondance, Petite-Fiente, fillette perverse qui *fait des histoires,* Juan Simon, le patron de Mahu, le fils Pinson, Julia, etc. On ne sait pas trop déjà dans quelle mesure certains d'entre eux n'ont pas été inventés par les autres. Que dire alors de la foule des comparses plus ou moins épisodiques, matérialisations des pensées de tel ou tel protagoniste, qui apparaissent et disparaissent, se transforment, se multiplient, s'évanouissent et créent à leur tour de nouvelles fictions qui se mêlent à l'intrigue et se retournent bientôt contre la réalité dont ils étaient issus.

Mahu lui-même est-il vraiment un témoin de cette fantasmagorie ? Ou bien en est-il le dieu ? Ou tout simplement est-il, comme les autres, une des fictions au destin drôlement tragique qui hantent cette contrée, entre Agapa et Fantoine, banlieue déraisonnable du réel ? Mahu émerge d'abord péniblement de son sommeil et d'une série de quatorze frères du même âge ; il pense qu'il lui faut trouver un bureau pour *y aller,* comme les autres. Il emporte seulement la photo qui ornait le mur de sa chambre : des figues — qui « font le vide » en lui quand il les regarde. Il trouve cet employeur, Juan Simon, qui essaie de correspondre avec sa clientèle sans passer par le postier Sinture. Petite-Fiente, la fille de Juan Simon, fait semblant d'avoir été giflée par Mahu... ou de ne pas avoir été giflée, on ne sait pas... ou plutôt de l'avoir elle-même giflé... Le récit devient en quelques pages d'une complication extraordinairement inconfortable, qu'il n'est malheureusement pas possible d'analyser ici ; aussi, lorsque interviennent ensuite les deux romanciers et le receveur des postes, qui tous les trois prétendent ouvertement *écrire l'histoire,* celle-ci dépasse à l'instant avec allégresse les bornes de l'incompréhensible. En désespoir de cause, Mahu rentre chez soi, débarrassé enfin — croit-il — de tout ce fatras de « personnages mous ». Les cent dernières pages du livre ne sont plus que du matériau à l'état brut, brefs morceaux de réalité décomposée qui se révèlent au moins aussi curieux que tout ce qui précédait, aussi riches, aussi passionnants : des mots qui tombent du ciel sans laisser de traces, des enfants qui parlent « à l'envers », un petit bout d'oreille qui bouge près d'une colonne dans une réunion publique... Il est désormais impossible de dire si Robert Pinget est un chercheur minutieux dans son laboratoire ou un voyant qui abuse de sa drogue. Le récit se clôt sur cette conclusion *énigmatique :* « Voilà. Je n'ai plus rien à dire, néanmoins tout me demeure, j'ai gagné. »

Mais inéluctablement, pour « l'honneur de continuer », voici que tout recommence. Cela s'appelle cette fois *Le Renard et la Boussole.* Le nouveau roman débute dans une sorte de grisaille, au réveil comme d'habitude ; des *possibles* errent dans les coins — des vies possibles, des littératures possibles... Un roman, nous dit-on, cela devrait s'ouvrir sur un « Je suis né... », mais quelque chose d'autre essaie de se glisser sous la plume, tourne, revient avec insistance : « On m'a piqué avec une longue aiguille... » Il faut préciser : « La naissance d'un objet, j'ai remarqué, n'a pas lieu aujourd'hui, il y a du mouvement tout autour qui l'empêche de montrer la tête et demain tu t'avises qu'il existe. Par conséquent la meilleure explication des origines serait de commencer par des bruits de bouche et de glisser progressivement vers des paroles articulées jusqu'au moment où l'auditeur sans se poser aucune question participe à ton histoire. » C'est justement ce qui se produit ici ; peu à peu, au milieu des digressions et des faillites, une tache de couleur rousse s'impose dans le tableau (les héros font de la peinture dans *le Renard,* comme ils écrivaient des romans dans *Mahu*). Cette masse d'abord indistincte prend bientôt la forme d'un renard, qui se dédouble en plusieurs personnages dont l'un n'est autre que David, le Juif errant. Ce renard invente un voyage, un voyage en Israël. Suit une espèce de reportage sur la vie dans les *kibboutsim,* interrompu çà et là par des évocations bibliques ou autres, des apparitions des pharaons et de sultans, des rencontres plus imprévues encore — celles par exemple de Don Quichotte et de son désert castillan. Le documentaire traîne en longueur, dans la chaleur de l'été palestinien. Le narrateur s'inquiète de cette lassitude qu'il constate chez le lecteur et chez lui-même, comme chez ses voyageurs : « Ça ne va pas, dit-il, se-raient-ils déjà revenus ? » Pourtant Renard et David font encore la connaissance de Marie-Madeleine, dite « Mama », qui les aidera à se rembarquer, puis celle plus importante du Scribe accroupi : « Méfiez-vous... Ne lui parlez pas, il écrit tout. » En effet il note aussitôt lui-même sa propre rencontre... « Un fait, un fait entre des milliards, on leur dénie toute valeur dans la pratique, on les note, on les note c'est tout. »

Et le plus naturellement du monde, Renard, qui s'est depuis longtemps confondu avec le narrateur (nommé John Tintouin Por-ridge), se retrouve à Fantoine. Mahu et les autres lui reprochent de les avoir un instant quittés. Ne les aimait-il plus ? « Mais oui je vous aime, nous sommes liés pour la vie... me voici. » Au milieu des apéritifs et des déambulations vaseuses du retour, surgit mademoiselle Lorpailleur, la romancière ; elle demande à John où il voulait en venir. Il se rappelle vaguement qu'il projetait une étude sur Marie Stuart, il a parlé des *origines,* « ensuite ça a bifurqué ». Alors elle lui donne ce conseil : un livre, ça se commence toujours par : « Je suis né... » Et celui-ci s'achève paradoxalement sur toute une collection de débuts possibles, s'ouvrant tous par ces trois mots, mais dégénérant à la fin en une cacophonie de phrases sans suite, de cris, de balbutiements et autres « bruits de bouche ».

Une fois de plus tout est à refaire. Cependant, en un sens (le seul qui nous importe), Robert Pinget a encore « gagné ».

NOUVEAU ROMAN, HOMME NOUVEAU

(1961)

On a beaucoup écrit sur le « Nouveau Roman » depuis quelques années. Malheureusement, parmi les critiques qu'on lui prodiguait, et aussi, souvent, parmi les éloges, il y avait tant de simplifications extrêmes, tant d'erreurs, tant de malentendus, qu'une sorte de mythe monstrueux a fini par se constituer, dans l'esprit du grand public, pour qui, semble-t-il, le Nouveau Roman est désormais précisément le contaire de ce qu'il est pour nous.

Si bien qu'il me suffira de passer en revue les principales parmi ces absurdes idées reçues, qui circulent de plume en bouche à son propos, pour donner une bonne idée d'ensemble de la démarche réelle de notre mouvement : chaque fois que la rumeur publique, ou tel critique spécialisé qui tout à la fois la reflète et l'alimente, nous prête une intention, on peut affirmer sans gros risque d'erreur que nous avons exactement l'intention inverse.

Cela pour les intentions. Bien sûr, il y a les œuvres, et ce sont elles qui comptent. Mais, des œuvres, les écrivains eux-mêmes ne sont évidemment pas juges. En outre, c'est toujours sur nos prétendues intentions que l'on nous condamne : les détracteurs de nos romans prétendant qu'ils sont le résultat de nos théories pernicieuses, et les autres affirmant que les romans sont bons, mais parce qu'ils ont été écrits contre elles !

La voici donc cette charte du Nouveau Roman telle que la rumeur publique la colporte : 1) Le Nouveau Roman a codifié les lois du roman futur. 2) Le Nouveau Roman a fait table rase du passé. 3) Le Nouveau Roman veut chasser l'homme du monde. 4) Le Nouveau Roman vise à la parfaite objectivité. 5) Le Nouveau Roman, difficilement lisible, ne s'adresse qu'aux spécialistes.

Et voici maintenant, en prenant l'exact contre-pied de chacune de ces phrases, ce qu'il serait plus raisonnable de dire :

Le Nouveau Roman n'est pas une théorie, c'est une recherche.

Il n'a donc codifié aucune loi. Ce qui fait qu'il ne s'agit pas d'une école littéraire au sens étroit du terme. Nous sommes les premiers à savoir qu'il y a entre nos œuvres respectives — celle de Claude Simon et la mienne, par exemple — des différences considérables, et nous pensons que c'est très bien ainsi. Quel intérêt y aurait-il à ce que nous écrivions tous les deux, si nous écrivions la même chose ?

Mais ces différences n'ont-elles pas toujours existé au sein de toutes les « écoles » ? Ce que l'on trouve de commun entre les individus, dans chacun des mouvements littéraires de notre histoire, c'est surtout la volonté d'échapper à une sclérose, le besoin de quelque chose d'autre. Sur quoi se sont toujours groupés les artistes, sinon sur le refus des formes périmées qu'on cherchait à leur imposer ? Les formes vivent et meurent, dans tous les domaines de l'art, et de tout temps, il faut continuellement les renouveler : la composition romanesque du type xixe siècle, qui était la vie même il y a cent ans, n'est plus qu'une formule vide, bonne seulement pour servir à d'ennuyeuses parodies.

Ainsi, loin d'édicter des règles, des théories, des lois, ni pour les autres ni pour nous-mêmes, c'est au contraire dans la lutte contre des lois trop rigides que nous nous sommes rencontrés.

114

Il y avait, il y a encore, en France tout spécialement, une théorie du roman implicitement reconnue par tout le monde ou presque, et que l'on opposait comme un mur à tous les livres que nous faisions paraître. On nous disait : « Vous ne campez pas de personnage, donc vous n'écrivez pas de vrais romans », « vous ne racontez pas une histoire, donc vous n'écrivez pas de vrais romans », « vous n'étudiez pas un caractère, ni un milieu, vous n'analysez pas les passions, donc vous n'écrivez pas de vrais romans », etc.

Mais nous, au contraire, qu'on accuse d'être des théoriciens, nous ne savons pas ce que doit être un roman, un vrai roman ; nous savons seulement que le roman d'aujourd'hui sera ce que nous le ferons, aujourd'hui, et que nous n'avons pas à cultiver la ressemblance avec ce qu'il était hier, mais à nous avancer plus loin.

Le Nouveau Roman ne fait que poursuivre une évolution constante du genre romanesque.

L'erreur est de croire que le « vrai roman » s'est figé une fois pour toutes, à l'époque balzacienne, en des règles strictes et définitives. Non seulement l'évolution a été considérable depuis le milieu du XIXe siècle, mais elle a commencé tout de suite, à l'époque de Balzac lui-même. Celui-ci ne relève-t-il pas déjà de la « confusion » dans les descriptions de *la Chartreuse de Parme ?* Il est certain que la bataille de Waterloo, telle que Stendhal nous la rapporte, n'appartient plus déjà à l'ordre balzacien.

Et, depuis, l'évolution n'a cessé de s'accentuer : Flaubert, Dostoïevsky, Proust, Kafka, Joyce, Faulkner, Beckett... Loin de faire table rase du passé, c'est sur les noms de nos prédécesseurs que nous nous sommes le plus aisément mis d'accord ; et notre ambition est seulement de les continuer. Non pas de faire mieux, ce qui n'a aucun sens, mais de nous placer à leur suite, maintenant, à notre heure.

La construction de nos livres n'est d'ailleurs déroutante que si l'on s'acharne à y rechercher la trace d'éléments qui ont en fait disparu depuis vingt, trente, ou quarante années, de tout roman vivant, ou se sont du moins singulièrement effrités : les caractères, la chronologie, les études sociologiques, etc. Le Nouveau Roman aura en tout cas eu ce mérite de faire prendre conscience à un public assez large (et sans cesse grandissant) d'une évolution générale du genre, alors qu'on persistait à la nier, reléguant par principe Kafka, Faulkner et tous les autres dans de douteuses zones marginales, quand ils sont simplement les grands romanciers du début de ce siècle.

Et depuis vingt ans, sans doute, les choses s'accélèrent, mais ce n'est pas dans le domaine de l'art uniquement, chacun en conviendra. Si le lecteur a quelquefois du mal à se retrouver dans le roman moderne, c'est de la même façon qu'il se perd quelquefois dans le monde même où il vit, lorsque tout cède autour de lui des vieilles constructions et des vieilles normes.

Le Nouveau Roman ne s'intéresse qu'à l'homme et à sa situation dans le monde.

Comme il n'y avait pas, dans nos livres, de « personnages » au sens traditionnel du mot, on en a conclu, un peu hâtivement, qu'on n'y rencontrait pas d'hommes du tout. C'était bien mal les lire. L'homme y est présent à chaque page, à chaque ligne, à chaque mot. Même si l'on y trouve beaucoup d'objets, et décrits avec minutie, il y a toujours et d'abord le regard qui les voit, la pensée qui les revoit, la passion qui les déforme. Les objets de nos romans n'ont jamais de présence en dehors des perceptions humaines, réelles ou imaginaires ; ce sont des objets comparables à ceux de notre vie quotidienne, tels qu'ils occupent notre esprit à tout moment.

Et, si l'on prend objet au sens général (objet, dit le diction- naire : tout ce qui affecte les sens), il est normal qu'il n'y ait que des objets dans mes livres : ce sont aussi bien, dans ma vie, les meubles de ma chambre, les paroles que j'entends, ou la femme que j'aime, un geste de cette femme, etc. Et, dans une acception plus large (objet, dit encore le dictionnaire : tout ce qui occupe l'esprit), seront encore objets le souvenir (par quoi je retourne aux objets passés), le projet (qui me transporte dans des objets futurs : si je décide d'aller me baigner, je vois déjà la mer et la plage, dans ma tête) et toute forme d'imagination.

Quant à ce que l'on appelle plus précisément des *choses,* il y en a toujours eu beaucoup dans le roman. Que l'on songe à Balzac : maisons, mobilier, vêtements, bijoux, ustensiles, machines, tout y est décrit avec un soin qui n'a rien à envier aux ouvrages mo- dernes. Si ces objets-là sont, comme on dit, plus « humains » que les nôtres, c'est seulement — et nous y reviendrons — que la situation de l'homme dans le monde qu'il habite n'est plus aujour- d'hui la même qu'il y a cent ans. Et non pas du tout parce que notre description serait trop neutre, trop objective, puisque juste- ment elle ne l'est pas.

Le Nouveau Roman ne vise qu'à une subjectivité totale.

Comme il y avait beaucoup d'objets dans nos livres, et qu'on leur trouvait quelque chose d'insolite, on a bien vite fait un sort au mot « objectivité », prononcé à leur sujet par certains critiques dans un sens pourtant très spécial : tourné vers l'objet. Pris dans son sens habituel — neutre, froid, impartial —, le mot devenait une absurdité. Non seulement c'est un homme qui, dans mes romans par exemple, décrit toute chose, mais c'est le moins neutre, le moins impartial des hommes : engagé au contraire *toujours* dans une aventure passionnelle des plus obsédantes, au point de déformer souvent sa vision et de produire chez lui des imaginations proches du délire.

Aussi est-il aisé de montrer que mes romans — comme ceux de tous mes amis — sont plus subjectifs même que ceux de Balzac, par exemple. Qui décrit le monde dans les romans de Balzac ? Quel est ce narrateur omniscient, omniprésent, qui se place partout en même temps, qui voit en même temps l'endroit et l'envers des choses, qui suit en même temps les mouvements du visage et ceux de la conscience, qui connaît à la fois le présent, le passé et l'avenir de toute aventure ? Ça ne peut être qu'un Dieu.

C'est Dieu seul qui peut prétendre être objectif. Tandis que dans nos livres, au contraire, c'est *un homme* qui voit, qui sent, qui imagine, un homme situé dans l'espace et le temps, conditionné par ses passions, un homme comme vous et moi. Et le livre ne rapporte rien d'autre que son expérience, limitée, incertaine. C'est un homme d'ici, un homme de maintenant, qui est son propre narrateur, enfin.

Il suffit sans doute de ne plus se boucher les yeux sur cette évidence pour s'apercevoir que nos livres sont à la portée de tout lecteur, dès qu'il accepte de se libérer des idées toutes faites, en littérature comme dans la vie.

Le Nouveau Roman s'adresse à tous les hommes de bonne foi.

Car il s'agit ici d'expérience vécue, et non des schémas rassurants — et désespérants tout à la fois — qui tentent de limiter les dégâts et d'assigner un ordre conventionnel à notre existence, à nos passions. Pourquoi chercher à reconstituer le temps des horloges dans un récit qui ne s'inquiète que de temps humain ? N'est-il pas plus sage de penser à notre propre mémoire, qui n'est *jamais* chronologique. Pourquoi s'entêter à découvrir comment s'appelle un individu dans un roman qui ne le dit pas ? Nous rencontrons tous les jours des gens dont nous ignorons le nom et nous pouvons parler toute une soirée avec un inconnu, alors que nous n'avons même prêté aucune attention aux présentations faites par l'hôtesse.

Nos livres sont écrits avec les mots, les phrases de tout le monde, de tous les jours. Ils ne présentent aucune difficulté particulière de lecture pour ceux qui ne cherchent pas à coller dessus une grille d'interprétation périmée, qui n'est plus bonne déjà depuis près de cinquante ans. On peut même se demander si une certaine culture littéraire justement ne nuit pas à leur compréhension : celle qui s'est arrêtée à 1900. Cependant que des gens très simples, qui ne connaissent pas Kafka peut-être, mais qui ne sont pas obnubilés non plus par les formes balzaciennes, se trouvent de plain-pied avec des livres où ils reconnaissent le monde où ils vivent, et leur propre pensée, et qui, au lieu de les tromper sur une prétendue signification de leur existence, les aideront à y voir plus clair.

Le Nouveau Roman ne propose pas de signification toute faite.

Et l'on arrive à la grande question : notre vie a-t-elle un sens ? Quel est-il ? Quelle est la place de l'homme sur la terre ? On voit tout de suite pourquoi les objets balzaciens étaient si rassurants : ils appartenaient à un monde dont l'homme était le maître ; ces objets étaient des biens, des propriétés, qu'il ne s'agissait que de posséder, de conserver ou d'acquérir. Il y avait une constante identité entre ces objets et leur propriétaire : un simple gilet, c'était déjà un caractère, et une position sociale en même temps. L'homme était la raison de toute chose, la clef de l'univers, et son maître naturel, de droit divin...

Il ne reste plus grand-chose, aujourd'hui, de tout cela. Pendant que la classe bourgeoise perdait peu à peu ses justifications et ses prérogatives, la pensée abandonnait ses fondements essentialistes, la phénoménologie occupait progressivement tout le champ des recherches philosophiques, les sciences physiques découvraient le règne du discontinu, la psychologie elle-même subissait de façon parallèle une transformation aussi totale.

Les significations du monde, autour de nous, ne sont plus que partielles, provisoires, contradictoires même, et toujours contestées. Comment l'œuvre d'art pourrait-elle prétendre illustrer une signification connue d'avance, quelle qu'elle soit ? Le roman moderne, comme nous le disions en commençant, est une recherche, mais une recherche qui crée elle-même ses propres significations, au fur et à mesure. La réalité a-t-elle un sens ? L'artiste contemporain ne peut répondre à cette question : il n'en sait rien. Tout ce qu'il peut dire, c'est que cette réalité aura peut-être un sens après son passage, c'est-à-dire l'œuvre une fois menée à son terme.

Pourquoi voir là un pessimisme ? En tout cas, c'est le contraire d'un abandon. Nous ne croyons plus aux significations figées, toutes faites, que livrait à l'homme l'ancien ordre divin, et à sa suite l'ordre rationaliste du XIXe siècle, mais nous reportons sur l'homme tout notre espoir : ce sont les formes qu'il crée qui peuvent apporter des significations au monde.

Le seul engagement possible, pour l'écrivain, c'est la littérature.

Il n'est pas raisonnable, dès lors, de prétendre dans nos romans servir une cause politique, même une cause qui nous paraît juste, même si dans notre vie politique nous militons pour son triomphe. La vie politique nous oblige sans cesse à supposer des significations connues : significations sociales, significations historiques, significations morales. L'art est plus modeste — ou plus ambitieux — : pour lui, rien n'est jamais connu d'avance.

Avant l'œuvre, il n'y a rien, pas de certitude, pas de thèse, pas de message. Croire que le romancier a « quelque chose à dire », et qu'il cherche ensuite comment le dire, représente le plus grave des contre-sens. Car c'est précisément ce « comment », cette manière de dire, qui constitue son projet d'écrivain, projet obscur entre tous, et qui sera plus tard le contenu douteux de son livre. C'est peut-être, en fin de compte, ce contenu douteux d'un obscur projet de forme qui servira le mieux la cause de la liberté. Mais à quelle échéance ?

TEMPS ET DESCRIPTION
DANS LE RÉCIT D'AUJOURD'HUI

(1963)

La critique est une chose difficile, bien plus que l'art, en un sens. Alors que le romancier, par exemple, peut se fier à sa seule sensibilité, sans toujours essayer d'en comprendre les choix, et que le simple lecteur se contente de savoir s'il est atteint ou non par le livre, si le livre le concerne ou non, s'il l'aime ou s'il ne l'aime pas, s'il lui apporte quelque chose, le critique est censé, lui, donner les raisons de tout cela : il doit préciser ce que le livre apporte, dire pourquoi il l'aime, porter sur lui des jugements absolus de valeur.

Or il n'y a de valeurs que du passé. Ces valeurs, qui seules peuvent servir de critères, elles ont été établies sur les grandes œuvres de nos pères, de nos grands-pères, souvent même sur des œuvres plus anciennes. Ce sont ces œuvres qui, refusées jadis parce qu'elles ne correspondaient pas aux valeurs de l'époque, ont apporté au monde des significations nouvelles, de nouvelles valeurs, de nouveaux critères, sur lesquels nous vivons aujourd'hui.

Mais aujourd'hui, comme hier, les œuvres nouvelles n'ont de raison d'être que si elles apportent à leur tour au monde de nouvelles significations, encore inconnues des auteurs eux-mêmes, des significations qui existeront seulement plus tard, grâce à ces œuvres, et sur lesquelles la société établira de nouvelles valeurs... qui de nouveau seront inutiles, ou même néfastes, lorsqu'il s'agira de juger la littérature en train de se faire.

Le critique est donc placé dans cette situation paradoxale : il est obligé de juger les œuvres contemporaines en se servant de critères qui, au mieux, ne les concernent pas. Ce qui fait que l'artiste a raison d'être mécontent de la critique, mais qu'il a tort de croire qu'il y a de la part de celle-ci méchanceté ou bêtise. Puisqu'il est en train d'inventer un nouveau monde, et des mesures neuves, il doit bien admettre qu'il est difficile, sinon impossible, de le mesurer lui-même et d'établir un juste bilan de ses mérites et de ses torts.

La meilleure méthode possible, c'est encore d'extrapoler, et c'est justement ce que la critique vivante s'efforce de faire. En se basant sur l'évolution historique des formes et de leurs significations, dans le roman occidental par exemple, elle peut tenter d'imaginer ce que seront les significations de demain, et de porter ensuite un jugement provisoire sur les formes qu'aujourd'hui l'artiste lui livre.

On comprend ce qu'une telle méthode peut avoir de périlleux, car elle suppose une évolution s'accomplissant selon des règles prévisibles. Et les choses se compliquent encore lorsqu'il s'agit d'un art trop récent, le cinéma par exemple, où le manque de recul rend toute extrapolation impraticable. Aussi n'est-il pas toujours inutile que les auteurs, bien qu'ils ne possèdent pas par nature plus de lumières, apportent leur contribution « théorique » à cette recherche.

On a souvent remarqué, et à juste titre, la grande place tenue par les descriptions dans ce qu'il est convenu d'appeler Nouveau Roman, en particulier dans mes propres livres. Bien que ces descriptions — objets immobiles ou fragments de scène — aient en général agi sur les lecteurs de façon satisfaisante, le jugement que beaucoup de spécialistes portent sur elles reste péjoratif ; on les trouve inutiles et confuses ; inutiles, parce que sans rapport réel avec l'action, confuses parce que ne remplissant pas ce que devrait être, censément, leur rôle fondamental : faire voir.

On a même dit, en se référant aux intentions supposées des auteurs, que ces romans contemporains n'étaient que des films avortés et que la caméra devrait ici relayer l'écriture défaillante. D'une part, l'image cinématographique montrerait du premier coup, en quelques secondes de projection, ce que la littérature s'efforce en vain de représenter au long de dizaines de pages ; d'autre part, les détails superflus se trouveraient par force remis à leur place, le pépin de pomme sur le plancher ne risquant plus d'envahir tout le décor où la scène se déroule.

Et tout cela serait vrai, si l'on ne méconnaissait pas ainsi ce qui risque justement de constituer le sens de ces descriptions pratiquées aujourd'hui dans le roman. Une fois de plus, il semble que ce soit bien par référence au passé que l'on juge (et condamne) les recherches actuelles.

Reconnaissons d'abord que la description n'est pas une invention moderne. Le grand roman français du XIXe siècle en particulier, Balzac en tête, regorge de maisons, de mobiliers, de costumes, longuement, minutieusement décrits, sans compter les visages, les corps, etc. Et il est certain que ces descriptions-là ont pour but de faire voir et qu'elles y réussissent. Il s'agissait alors le plus souvent de planter un décor, de définir le cadre de l'action, de présenter l'apparence physique de ses protagonistes. Le poids des choses ainsi posées de façon précise constituait un univers stable et sûr, auquel on pouvait ensuite se référer, et qui garantissait par sa ressemblance avec le monde « réel » l'authenticité des événements, des paroles, des gestes que le romancier y ferait survenir. L'assurance tranquille avec laquelle s'imposaient la disposition des lieux, la décoration des intérieurs, la forme des habits, comme aussi les signes sociaux ou caractériels contenus dans chaque élément et par lesquels celui-ci justifiait sa présence, enfin le foisonnement de ces détails justes auquel il semblait que l'on puisse indéfiniment puiser, tout cela ne pouvait que convaincre de l'existence objective — hors de la littérature — d'un monde que le romancier paraissait seulement reproduire, copier, transmettre, comme si l'on avait affaire à une chronique, à une biographie, à un quelconque document.

Ce monde romanesque vivait bien de la même vie que son modèle : on y suivait même à la trace l'écoulement des années. Non seulement d'un chapitre à l'autre, mais souvent dès la première rencontre, il était aisé de reconnaître sur le plus modeste objet domestique, sur le moindre trait du visage, la patine apportée par l'usage, l'usure laissée par le temps.

Ainsi ce décor était-il déjà l'image de l'homme : chacun des murs ou des meubles de la maison représentait un double du personnage qui l'habitait — riche ou pauvre, sévère ou glorieux — et se trouvait de surcroît soumis au même destin, à la même fatalité. Le lecteur trop pressé de connaître l'histoire pouvait même se croire autorisé à sauter les descriptions : il ne s'agissait que d'un cadre, qui se trouvait d'ailleurs avoir un sens identique à celui du tableau qu'il allait contenir.

Evidemment, lorsque ce même lecteur passe les descriptions, dans nos livres, il risque fort de se retrouver, ayant tourné toutes les pages l'une après l'autre d'un index rapide, à la fin du volume dont le contenu lui aurait entièrement échappé ; croyant avoir eu affaire jusqu'alors au seul cadre, il en serait encore à chercher le tableau.

C'est que la place et le rôle de la description ont changé du tout au tout. Tandis que les préoccupations d'ordre descriptif envahissaient tout le roman, elles perdaient en même temps leur sens traditionnel. Il n'est plus question pour elles de définitions préliminaires. La description servait à situer les grandes lignes d'un décor, puis à en éclairer quelques éléments particulièrement révélateurs ; elle ne parle plus que d'objets insignifiants, ou qu'elle s'attache à rendre tels. Elle prétendait reproduire une réalité préexistante ; elle affirme à présent sa fonction créatrice. Enfin, elle faisait voir les choses et voilà qu'elle semble maintenant les détruire, comme si son acharnement à en discourir ne visait qu'à en brouiller les lignes, à les rendre incompréhensibles, à les faire disparaître totalement.

Il n'est pas rare en effet, dans ces romans modernes, de rencontrer une description qui ne part de rien ; elle ne donne pas d'abord une vue d'ensemble, elle paraît naître d'un menu fragment sans importance — ce qui ressemble le plus à un point — à partir duquel elle invente des lignes, des plans, une architecture ; et on a d'autant plus l'impression qu'elle les invente que soudain elle se contredit, se répète, se reprend, bifurque, etc. Pourtant, on commence à entrevoir quelque chose, et l'on croit que ce quelque chose va se préciser. Mais les lignes du dessin s'accumulent, se surchargent, se nient, se déplacent, si bien que l'image est mise en doute à mesure qu'elle se construit. Quelques paragraphes encore et, lorsque la description prend fin, on s'aperçoit qu'elle n'a rien laissé debout derrière elle : elle s'est accomplie dans un double mouvement de création et de gommage, que l'on retrouve d'ailleurs dans le livre à tous les niveaux et en particulier dans sa structure globale — d'où vient la *déception* inhérente aux œuvres d'aujourd'hui.

Le souci de précision qui confine parfois au délire (ces notions si peu visuelles de « droite » et de « gauche », ces comptages, ces mensurations, ces repères géométriques) ne parvient pas à empêcher le monde d'être mouvant jusque dans ses aspects les plus matériels, et même au sein de son apparente immobilité. Il ne s'agit plus ici de temps qui coule, puisque paradoxalement les gestes ne sont au contraire donnés que figés dans l'instant. C'est la matière elle-même qui est à la fois solide et instable, à la fois présente et rêvée, étrangère à l'homme et sans cesse en train de s'inventer dans l'esprit de l'homme. Tout l'intérêt des pages descriptives — c'est-à-dire la place de l'homme dans ces pages — n'est donc plus dans la chose décrite, mais dans le mouvement même de la description.

On voit dès lors combien il est faux de dire qu'une telle écriture tend vers la photographie ou vers l'image cinématographique. L'image, prise isolément, ne peut que faire voir, à l'instar de la description balzacienne, et semblerait donc faite au contraire pour remplacer celle-ci, ce dont le cinéma naturaliste ne se prive pas, du reste.

L'attrait certain que la création cinématographique exerce sur beaucoup de nouveaux romanciers doit, lui, être cherché ailleurs. Ce n'est pas l'objectivité de la caméra qui les passionne, mais ses possibilités dans le domaine du subjectif, de l'imaginaire. Ils ne conçoivent pas le cinéma comme un moyen d'expression, mais de recherche, et ce qui retient le plus leur attention c'est, tout naturellement, ce qui échappait le plus aux pouvoirs de la littérature : c'est-à-dire non pas tant l'image que la bande sonore — le son des voix, les bruits, les ambiances, les musiques — et surtout la possibilité d'agir sur deux sens à la fois, l'œil et l'oreille ; enfin, dans l'image comme dans le son, la possibilité de présenter avec toute l'apparence de l'objectivité la moins contestable ce qui n'est, aussi bien, que rêve ou souvenir, en un mot ce qui n'est qu'imagination.

Il y a dans le son que le spectateur entend, dans l'image qu'il voit, une qualité primordiale : c'est là, c'est du présent. Les ruptures de montage, les répétitions de scène, les contradictions, les personnages tout à coup figés comme sur des photos d'amateur, donnent à ce présent perpétuel toute sa force, toute sa violence. Il ne s'agit plus alors de la nature des images, mais de leur composition, et c'est là seulement que le romancier peut retrouver, quoique transformées, certaines de ses préoccupations d'écriture.

Ces structures filmiques nouvelles, ce mouvement des images et des sons, se révèlent directement sensibles au spectateur non prévenu ; il semble même que, pour beaucoup, leur pouvoir soit infiniment plus fort que celui de la littérature. Mais ils déclenchent aussi, au sein de la critique traditionnelle, des réactions de défense encore plus vives.

J'ai pu en faire personnellement l'expérience lors de la sortie de mon second film (*L'Immortelle*). Bien entendu, il n'y a pas lieu de s'étonner des jugements défavorables portés sur lui par la plupart des feuilletonnistes ; mais il peut être intéressant de noter certains de leurs reproches, plus révélateurs souvent que des éloges. Voici donc les points sur lesquels se sont portées les attaques les plus fréquentes et les plus violentes : d'abord le manque de « naturel » dans le jeu des acteurs, ensuite l'impossibilité de distinguer clairement ce qui est « réel » de ce qui est mental (souvenir ou phantasme), enfin la tendance des éléments à forte charge passionnelle à se transformer en « cartes-postales » (touristiques pour la ville d'Istamboul, érotiques pour l'héroïne, etc.).

On voit que ces trois reproches n'en constituent au fond qu'un seul : la structure du film ne donne pas assez confiance dans la vérité objective des choses. Deux remarques, à ce sujet, s'imposent. D'une part, Istamboul est une *vraie* ville, et c'est bien elle que l'on voit d'un bout à l'autre de la projection ; de même l'héroïne est incarnée à l'écran par une *vraie* femme. D'autre part, pour ce qui est de l'histoire, il est évident qu'elle est fausse : ni l'acteur ni l'actrice ne sont morts au cours du tournage, ni même le chien. Ce qui déroute les spectateurs épris de « réalisme », c'est que l'on n'essaie plus ici de leur faire croire à rien — je dirais presque : au contraire... Le *vrai,* le *faux* et le *faire croire* sont devenus plus ou moins le sujet de toute œuvre moderne ; celle-ci, au lieu d'être un prétendu morceau de réalité, se développe en tant que réflexion sur la réalité (ou sur le *peu de réalité,* comme on voudra). Elle ne cherche plus à cacher son caractère nécessairement mensonger, en se présentant comme une « histoire vécue ». Si bien que nous retrouvons là, dans l'écriture cinématographique, une fonction voisine de celle assumée par la description en littérature : l'image ainsi traitée (quant aux acteurs, au décor, au montage, dans ses rapports avec le son, etc.) empêche de croire en même temps qu'elle affirme, comme la description empêchait de voir ce qu'elle montrait.

C'est ce même mouvement paradoxal (construire en détruisant) que l'on retrouve dans le traitement du temps. Le film et le roman se présentent de prime abord sous la forme de déroulements temporels — contrairement, par exemple, aux ouvrages plastiques, tableaux ou sculptures. Le film, à l'instar de l'œuvre musicale, est même minuté de façon définitive (alors que la durée de lecture peut varier à l'infini, d'une page à l'autre et d'un individu à l'autre). En revanche, nous l'avons dit, le cinéma ne connaît qu'un seul mode grammatical : le présent de l'indicatif. Film et roman se rencontrent en tout cas, aujourd'hui, dans la construction d'instants, d'intervalles et de successions qui n'ont plus rien à voir avec ceux des horloges ou du calendrier. Essayons d'en préciser un peu le rôle.

On a beaucoup répété, ces dernières années, que le temps était le « personnage » principal du roman contemporain. Depuis Proust, depuis Faulkner, les retours dans le passé, les ruptures de chronologie, semblent en effet à la base de l'organisation même du récit, de son architecture. Il en serait de même évidemment du cinéma : toute œuvre cinématographique moderne serait une réflexion sur la mémoire humaine, ses incertitudes, son entêtement, ses drames, etc.

Tout cela est un peu vite dit. Ou plutôt, si le temps qui passe est bien le personnage essentiel de beaucoup d'œuvres du début du siècle et de leurs séquelles, comme il l'était déjà d'ailleurs d'œuvres du siècle dernier, les recherches actuelles semblent au contraire mettre en scène, le plus souvent, des structures mentales privées de « temps ». Et c'est justement ce qui les rend au premier abord si déroutantes. Je prendrai quelques exemples, encore, dans mes propres livres ou films, dont la grande critique a, sur ce point, presque toujours faussé le sens.

L'Année dernière à Marienbad, à cause de son titre, à cause aussi des œuvres dont Alain Resnais avait auparavant réalisé la mise en scène, a d'emblée été interprété comme une de ces variations psychologiques sur l'amour perdu, l'oubli, le souvenir. Les questions que l'on se posait le plus volontiers étaient : cet homme et cette femme se sont-ils vraiment rencontrés, aimés, l'année dernière à Marienbad ? La jeune femme se souvient-elle et fait-elle seulement semblant de ne pas reconnaître le bel étranger ? Ou bien a-t-elle vraiment tout oublié de ce qui s'est passé entre eux ? etc. Il faut dire les choses nettement : ces questions n'ont aucun sens. L'univers dans lequel se déroule tout le film est, de façon caractéristique, celui d'un présent perpétuel qui rend impossible tout recours à la mémoire. C'est un monde sans passé qui se suffit à lui-même à chaque instant et qui s'efface au fur et à mesure. Cet homme, cette femme commencent à exister seulement lorsqu'ils apparaissent sur l'écran pour la première fois ; auparavant ils ne sont rien ; et, une fois la projection terminée, ils ne sont plus rien de nouveau. Leur existence ne dure que ce que dure le film. Il ne peut y avoir de réalité en dehors des images que l'on voit, des paroles que l'on entend.

Ainsi la durée de l'œuvre moderne n'est-elle en aucune manière un résumé, un condensé, d'une durée plus étendue et plus « réelle » qui serait celle de l'anecdote, de l'histoire racontée. Il y a au contraire identité absolue entre les deux durées. Toute l'histoire de *Marienbad* ne se passe ni en deux ans, ni en trois jours, mais exactement en une heure et demie. Et, quand à la fin du film les deux héros se retrouvent pour partir ensemble, c'est comme si la jeune femme admettait qu'il y a eu bel et bien quelque chose entre eux l'année dernière à Marienbad, mais nous comprenons que nous étions justement l'année dernière, durant toute la projection, et que nous étions à Marienbad. Cette histoire d'amour qu'on nous racontait comme une chose passée était en fait en train de se dérouler sous nos yeux, ici et maintenant. Car, bien entendu, il n'y a pas plus d'*ailleurs* possible que d'*autrefois*.

Mais, dira-t-on, que représentent, dans ces conditions, les scènes auxquelles nous avons assisté ? Que signifient, en particulier, ces successions de plans diurnes et nocturnes, ou ces trop nombreux changements de costumes, incompatibles avec une aussi courte durée ? C'est là évidemment que les choses se compliquent. Il ne peut s'agir ici que d'un déroulement subjectif, mental, personnel. Ces choses doivent se passer dans la tête de quelqu'un. Mais de qui ? Du héros narrateur ? Ou de l'héroïne hypnotisée ? Ou bien, par un échange constant d'images entre eux, des deux ensemble ? Il vaudrait mieux admettre une solution d'un autre ordre : de même que le seul temps qui importe est celui du film, le seul « personnage » important est le spectateur ; c'est *dans sa tête* que se déroule toute l'histoire, qui est exactement *imaginée* par lui.

Encore une fois, l'œuvre n'est pas un témoignage sur une réalité extérieure, mais elle est à elle-même sa propre réalité. Aussi est-il impossible à l'auteur de rassurer tel spectateur inquiet sur le sort des héros après le mot « fin ». Après le mot « fin », il ne se passe plus rien du tout, par définition. Le seul avenir que l'œuvre puisse accepter, c'est un nouveau déroulement identique : en remettant les bobines du film dans l'appareil à projections.

De même, il était absurde de croire que dans le roman *La Jalousie,* publié deux ans plus tôt, existait un ordre des événements, clair et univoque, et qui n'était pas celui des phrases du livre, comme si je m'étais amusé à brouiller moi-même un calendrier préétabli, ainsi qu'on bat un jeu de cartes. Le récit était au contraire fait de telle façon que tout essai de reconstitution d'une chronologie extérieure aboutissait tôt ou tard à une série de contradictions, donc à une impasse. Et cela non pas dans le but stupide de dérouter l'Académie, mais parce que précisément il n'existait pour moi aucun ordre possible en dehors de celui du livre. Celui-ci n'était pas une narration emmêlée d'une anecdote simple extérieure à lui, mais ici encore le déroulement même d'une histoire qui n'avait d'autre réalité que celle du récit, déroulement qui ne s'opérait nulle part ailleurs que dans la tête du narrateur invisible, c'est-à-dire de l'écrivain, et du lecteur.

Comment cette conception actuelle de l'œuvre pourrait-elle permettre que le temps soit le personnage principal du livre, ou du film ? N'est-ce pas plutôt au roman traditionnel, au roman balzacien, par exemple, que s'appliquerait justement cette définition ? Là le temps jouait un rôle, et le premier : il accomplissait l'homme, il était l'agent et la mesure de son destin. Qu'il s'agisse d'une ascension ou d'une déchéance, il réalisait un devenir, à la fois gage de triomphe d'une société à la conquête du monde, et fatalité d'une nature : la condition mortelle de l'homme. Les passions comme les événements ne pouvaient être envisagés que dans un développement temporel : naissance, croissance, paroxysme, déclin et chute.

Tandis que, dans le récit moderne, on dirait que le temps se trouve coupé de sa temporalité. Il ne coule plus. Il n'accomplît plus rien. Et c'est sans doute ce qui explique cette déception qui suit la lecture d'un livre d'aujourd'hui, ou la représentation d'un film. Autant il y avait quelque chose de satisfaisant dans un « destin », même tragique, autant les plus belles des œuvres contemporaines nous laissent vides, décontenancés. Non seulement elles ne prétendent à aucune autre réalité que celle de la lecture, ou du spectacle, mais encore elles semblent toujours en train de se contester, de se mettre en doute elles-mêmes à mesure qu'elles se construisent. Ici l'espace détruit le temps, et le temps sabote l'espace. La description piétine, se contredit, tourne en rond. L'instant nie la continuité.

Or, si la temporalité comble l'attente, l'instantanéité la déçoit ; de même que la discontinuité spatiale *déprend* du piège de l'anecdote. Ces descriptions dont le mouvement enlève toute confiance dans les choses décrites, ces héros sans naturel comme sans identité, ce présent qui s'invente sans cesse, comme au fil de l'écriture, qui se répète, se dédouble, se modifie, se dément, sans jamais s'entasser pour constituer un passé — donc une « histoire » au sens traditionnel —, tout cela ne peut que convier le lecteur (ou le spectateur) à un autre mode de participation que celui dont il avait l'habitude. S'il est conduit parfois à condamner les œuvres de son époque, c'est-à-dire celles qui s'adressent le plus directement à lui, s'il se plaint même d'être délibérément délaissé, tenu à l'écart, dédaigné par les auteurs, c'est uniquement parce qu'il s'obstine à rechercher un genre de communication qui n'est plus depuis longtemps celui qu'on lui propose.

Car, loin de le négliger, l'auteur aujourd'hui proclame l'absolu besoin qu'il a de son concours, un concours actif, conscient, *créateur*. Ce qu'il lui demande, ce n'est plus de recevoir tout fait un monde achevé, plein, clos sur lui-même, c'est au contraire de participer à une création, d'inventer à son tour l'œuvre — et le monde — et d'apprendre ainsi à inventer sa propre vie.

DU RÉALISME A LA RÉALITÉ

(1955 et 1963)

Tous les écrivains pensent être réalistes. Aucun jamais ne se prétend abstrait, illusionniste, chimérique, fantaisiste, faussaire... Le réalisme n'est pas une théorie, définie sans ambiguïté, qui permettrait d'opposer certains romanciers aux autres ; c'est au contraire un drapeau sous lequel se rangent l'immense majorité — sinon l'ensemble — des romanciers d'aujourd'hui. Et sans doute faut-il, sur ce point, leur faire confiance à tous. C'est le monde réel qui les intéresse ; chacun s'efforce bel et bien de créer du « réel ».

Mais, s'ils se rassemblent sous ce drapeau, ce n'est pas du tout pour y mener un combat commun ; c'est pour se déchirer entre eux. Le réalisme est l'idéologie que chacun brandit contre son voisin, la qualité que chacun estime posséder pour soi seul. Et il en a toujours été de même : c'est par souci de réalisme que chaque nouvelle école littéraire voulait abattre celle qui la précédait ; c'était le mot d'ordre des romantiques contre les classiques, puis celui des naturalistes contre les romantiques ; et les surréalistes eux-mêmes affirmaient à leur tour ne s'occuper que du monde réel. Le réalisme, chez les écrivains, semble donc aussi bien partagé que le « bon sens » selon Descartes.

Et, ici aussi, on doit conclure que tous ont raison. S'ils ne s'entendent pas, c'est que chacun a, sur la réalité, des idées diffé-

rentes. Les classiques pensaient qu'elle est classique, les romantiques qu'elle est romantique, les surréalistes qu'elle est surréelle,
Claudel qu'elle est de nature divine, Camus qu'elle est absurde,
les engagés qu'elle est avant tout économique et qu'elle va vers
le socialisme. Chacun parle du monde tel qu'il le voit, mais personne ne le voit de la même façon.

On comprend d'ailleurs aisément pourquoi les révolutions littéraires se sont toujours accomplies au nom du réalisme. Lorsque
une forme d'écriture a perdu sa vitalité première, sa force, sa
violence, lorsqu'elle est devenue une vulgaire recette, un acadé-
misme que les suiveurs ne respectent plus que par routine ou
paresse, sans même se poser de question sur sa nécessité, c'est
bien un retour au réel que constitue la mise en accusation des
formules mortes et la recherche de formes nouvelles, capables de
prendre la relève. La découverte de la réalité ne continuera d'aller
de l'avant que si l'on abandonne les formes usées. A moins d'es-
timer que le monde est désormais entièrement découvert (et, dans
ce cas, le plus sage serait de s'arrêter tout à faire d'écrire), on
ne peut que tenter d'aller plus loin. Il ne s'agit pas de « faire
mieux », mais de s'avancer dans des voies encore inconnues, où
une écriture nouvelle devient nécessaire.

A quoi cela sert-il, dira-t-on, si c'est pour aboutir ensuite, après
un temps plus ou moins long, à un nouveau formalisme, aussi
sclérosé bientôt que ne l'était l'ancien ? Cela revient à demander
pourquoi vivre, puisqu'il faut mourir et laisser la place à d'autres
vivants. L'art est vie. Rien n'y est jamais gagné de façon définitive. Il ne peut exister sans cette remise en question permanente.
Mais le mouvement de ces évolutions et révolutions fait sa perpétuelle renaissance.

Et puis le monde change, lui aussi. D'une part, il n'est plus
objectivement le même, sur de nombreux points, qu'il y a cent
ans, par exemple ; la vie matérielle, la vie intellectuelle, la vie
politique se sont modifiées considérablement, ainsi que l'aspect

physique de nos villes, de nos maisons, de nos villages, de nos routes, etc. D'autre part, la connaisance que nous avons de ce qui est en nous et de ce qui nous entoure (connaissance scientifique, qu'il s'agisse de sciences de la matière ou de sciences de l'homme) a subi de façon parallèle des bouleversements extraordinaires. A cause de ceci et de cela, les relations subjectives que nous entretenons avec le monde ont changé du tout au tout.

Les modifications objectives de la réalité, jointes au « progrès » de nos connaissances physiques, ont retenti profondément — continuent de retentir — au sein de nos conceptions philosophiques, de notre métaphysique, de notre morale. Donc, même si le roman ne faisait que reproduire la réalité, il ne serait guère normal que les bases de son réalisme n'aient pas évolué parallèlement à ces transformations. Pour rendre compte du réel d'aujourd'hui, le roman du XIXe siècle ne serait pas du tout le « bon outil » dont la critique soviétique — avec plus de tranquille assurance encore que la critique bourgeoise — reproche en toute occasion au Nouveau Roman de vouloir s'écarter, alors qu'il pourrait encore servir (nous dit-on) à exposer au peuple les maux du monde actuel et les remèdes à la mode, avec au besoin quelques améliorations de détail, comme s'il s'agissait de perfectionner un marteau ou une faucille. Pour s'en tenir à cette image de l'outil, personne ne considère une moissonneuse-batteuse comme un perfectionnement de la faucille, a fortiori pour une machine qui servirait à une récolte sans aucun rapport avec celle du blé.

Mais il y a plus grave. Comme nous avons déjà eu l'occasion de le préciser au cours de cet ouvrage, le roman n'est pas un outil du tout. Il n'est pas conçu en vue d'un travail défini à l'avance. Il ne sert pas à exposer, à traduire, des choses existant avant lui, en dehors de lui. Il n'exprime pas, il recherche. Et ce qu'il recherche, c'est lui-même.

La critique académique, à l'Ouest comme dans les pays communistes, emploie le mot « réalisme » comme si la réalité était déjà entièrement constituée (que ce soit, ou non, pour toujours) lorsque l'écrivain entre en scène. Ainsi estime-t-elle que le rôle de ce dernier se limite à « explorer » et à « exprimer » la réalité de son époque.

Le réalisme, selon cette optique, réclamerait seulement de la part du roman qu'il respecte la vérité. Les qualités de l'auteur seraient surtout la perspicacité dans l'observation et le constant souci de franchise (allié souvent au franc-parler). En laissant de côté la répugnance absolue du réalisme-socialiste pour l'adultère et les déviations sexuelles, il s'agirait donc de la peinture sans voile de scènes dures ou pénibles (sans crainte, ô ironie, de choquer le lecteur !), avec naturellement une particulière attention aux problèmes de la vie matérielle et principalement aux difficultés domestiques des classes pauvres. L'usine et le bidonville seront ainsi, par nature, plus « réalistes » que l'oisiveté ou le luxe, l'adversité plus réaliste que le bonheur. Il ne s'agit, en somme, que de donner au monde des couleurs et une significations dépourvues de mièvrerie, suivant une formule plus ou moins abâtardie d'Emile Zola.

Or tout cela n'a plus guère de sens à partir du moment où l'on s'aperçoit que, non seulement chacun voit dans le monde sa propre réalité, mais que le roman est justement ce qui la crée. L'écriture romanesque ne vise pas à informer, comme le fait la chronique, le témoignage, ou la relation scientifique, elle *constitue* la réalité. Elle ne sait jamais ce qu'elle cherche, elle ignore ce qu'elle a à dire ; elle est invention, invention du monde et de l'homme, invention constante et perpétuelle remise en question. Tous ceux — politiciens ou autres — qui ne demandent au livre que des stéréotypes, et qui craignent par-dessus tout l'esprit de contestation, ne peuvent que se méfier de la littérature.

Il m'est arrivé, comme à tout le monde, d'être victime un instant de l'*illusion réaliste*. A l'époque où j'écrivais *le Voyeur*, par exemple, tandis que je m'acharnais à décrire avec précision le vol des mouettes et le mouvement des vagues, j'eus l'occasion de faire un bref voyage d'hiver sur la côte bretonne. En route je me disais : voici une bonne occasion d'observer les choses « sur le vif » et de me « rafraîchir la mémoire »... Mais, dès le premier oiseau de mer aperçu, je compris mon erreur : d'une part les mouettes que je voyais à présent n'avaient que des rapports confus avec celles que j'étais en train de décrire dans mon livre, et d'autre part cela m'était bien égal. Les seules mouettes qui m'importaient, à ce moment-là, étaient celles qui se trouvaient dans ma tête. Probablement venaient-elles aussi, d'une façon ou d'une autre, du monde extérieur, et peut-être de Bretagne ; mais elles s'étaient transformées, devenant en même temps comme plus réelles, *parce qu*'elles étaient maintenant imaginaires.

Quelquefois aussi, agacé par les objections du genre : « Les choses ne se passent pas comme ça dans la vie », « Il n'existe pas d'hôtel comme celui de votre *Marienbad* », « Un mari jaloux ne se comporte pas comme celui de votre *Jalousie* », « Les aventures turques de votre Français, dans l'*Immortelle,* sont invraisemblables », « Votre soldat perdu *dans le Labyrinthe* ne porte pas ses insignes militaires à la bonne place », etc., j'essaie de situer moi-même mes arguments sur le plan réaliste et je parle de l'existence subjective de cet hôtel, ou de la vérité psychologique directe (donc non conforme à l'analyse) de ce mari inquiet, fasciné par le comportement suspect (ou trop naturel) de sa femme. Et sans doute j'espère que mes romans et mes films sont défendables aussi de ce point de vue. Mais je sais bien que mon propos est ailleurs. Je ne transcris pas, je construis. C'était déjà la vieille ambition de Flaubert : bâtir quelque chose à partir de rien, qui tienne debout tout seul sans avoir à s'appuyer sur quoi que ce soit d'extérieur à l'œuvre ; c'est aujourd'hui l'ambition de tout le roman.

On mesure à quel point le « vraisemblable » et le « conforme au type » sont loin de pouvoir encore servir de critères. Tout se passe même comme si le *faux* — c'est-à-dire à la fois le possible, l'impossible, l'hypothèse, le mensonge, etc. — était devenu l'un des thèmes privilégiés de la fiction moderne ; une nouvelle sorte de narrateur y est né : ce n'est plus seulement un homme qui décrit les choses qu'il voit, mais en même temps celui qui invente les choses autour de lui et qui voit les choses qu'il invente. Dès que ces héros-narrateurs commencent un tant soit peu à ressembler à des « personnages », ce sont aussitôt des menteurs, des schizo-phrènes ou des hallucinés (ou même des écrivains, qui créent leur propre histoire). Il faut souligner ici l'importance, dans cette perspective, des romans de Raymond Queneau (*Le Chiendent* et *Loin de Rueil* en particulier) dont la trame souvent et toujours le mouvement sont d'une façon rigoureuse ceux de l'imagination.

Dans ce réalisme nouveau, il n'est donc plus du tout question de *vérisme*. Le petit détail qui « fait vrai » ne retient plus l'attention du romancier, dans le spectacle du monde ni en litté-rature ; ce qui le frappe — et que l'on retrouve après bien des avatars dans ce qu'il écrit —, ce serait davantage, au contraire, le petit détail qui fait *faux*.

Ainsi déjà dans le journal de Kafka, lorsque celui-ci note les choses vues pendant la journée au cours de quelque promenade, il ne retient guère que des fragments non seulement sans impor-tance, mais encore qui lui sont apparus coupés de leur signification — donc de leur *vraisemblance* —, depuis la pierre abandonnée sans qu'on sache pourquoi au milieu d'une rue jusqu'au geste bizarre d'un passant, inachevé, maladroit, ne paraissant répondre à aucune fonction ou intention précise. Des objets partiels ou détachés de leur usage, des instants immobilisés, des paroles séparées de leur contexte ou bien des conversations entremêlées, tout ce qui sonne un peu faux, tout ce qui manque de naturel, c'est précisément cela qui rend à l'oreille du romancier le son le plus juste.

S'agit-il là de ce qu'on nomme l'*absurde* ? Certainement pas. Car, ailleurs, un élément tout à fait rationnel et commun s'impose soudain avec le même caractère d'évidence, de présence sans motif, de nécessité sans raison. Cela *est,* et c'est tout. Mais il y a un risque pour l'écrivain : avec le soupçon d'absurdité revient le danger métaphysique. Le non-sens, l'a-causalité, le vide attirent irrésistiblement les arrière-mondes et les sur-natures.

La mésaventure de Kafka dans ce domaine est exemplaire. Cet auteur *réaliste* (dans l'acception nouvelle que nous tentons de définir : créateur d'un monde matériel, à la présence visionnaire) est aussi celui qui a été le plus chargé de sens — de sens « profond » — par ses admirateurs et exégètes. Très vite il est devenu, avant tout, aux yeux du public, l'homme qui faisait semblant de nous parler des choses de ce monde, dans le seul but de nous faire entrevoir l'existence problématique d'un au-delà. Ainsi nous décrit-il les tribulations de son (faux) arpenteur obstiné, parmi les habitants du village ; mais son roman n'aurait d'autre intérêt que de nous faire rêver sur la vie proche et lointaine d'un mystérieux château. Lorsqu'il nous montre les bureaux, les escaliers et les couloirs où Joseph K... poursuit la justice, ce serait uniquement pour nous entretenir de la notion théologique de « grâce ». Et le reste à l'avenant.

Les récits de Kafka ne seraient alors que des allégories. Non seulement ils appelleraient une explication (qui les résumerait d'une façon parfaite, au point d'en épuiser tout le contenu), mais cette signification aurait en outre pour effet de détruire radicalement l'univers tangible qui en constitue la trame. La littérature, d'ailleurs, consisterait toujours, et d'une manière systématique, à parler d'*autre chose.* Il y aurait un monde présent et un monde réel ; le premier serait seul visible, le second seul important. Le rôle du romancier serait celui d'intercesseur : par une description truquée des choses visibles — elles-mêmes tout à fait vaines — il évoquerait le « réel » qui se cache derrière.

Or, ce dont une lecture non prévenue nous convainc, au contraire, c'est de la réalité absolue des choses que décrit Kafka. Le monde visible de ses romans est bien, pour lui, le monde réel, et ce qu'il y a derrière (s'il y a quelque chose) paraît sans valeur, face à l'évidence des objets, gestes, paroles, etc. L'effet d'hallucination provient de leur netteté extraordinaire, et non de flottements ou de brumes. Rien n'est plus fantastique, en définitive, que la précision. Peut-être les escaliers de Kafka mènent-ils ailleurs, mais eux sont là, et on les regarde, marche par marche, en suivant le détail des barreaux et de la rampe. Peut-être ses murs gris cachent-ils quelque chose, mais c'est à eux que la mémoire s'arrête, sur leur enduit craquelé, sur leurs lézardes. Même ce dont le héros est en quête disparaît, devant l'obstination qu'il met dans sa poursuite, ses trajets et ses mouvements, seuls rendus sensibles, seuls vrais. Dans toute l'œuvre, les rapports de l'homme avec le monde, loin d'avoir un caractère symbolique, sont constamment directs et immédiats.

Il en est des significations profondes métaphysiques exactement comme des significations politiques, psychologiques ou morales. Prendre celles qui sont déjà connues, pour les exprimer, va contre l'exigence majeure de la littérature. Quant à celles qui, plus tard, auront été apportées par l'œuvre romanesque au monde futur, le plus sage (à la fois le plus honnête et le plus adroit) est de ne pas s'en soucier aujourd'hui. On a pu juger depuis vingt ans le peu qui restait de l'univers kafkaien dans les œuvres de ses prétendus descendants, lorsque ceux-ci ne faisaient que reproduire le contenu métaphysique et oubliaient le réalisme du maître.

Reste donc cette signification immédiate des choses (descriptive, partielle, toujours contestée), c'est-à-dire celle qui se place en-deçà de l'histoire, de l'anecdote du livre, comme la signification profonde (transcendante) se place au-delà. C'est sur elle que portera désormais l'effort de recherche et de création. D'elle, en effet, il ne peut être question de se débarrasser, sous peine de voir l'anecdote prendre le dessus, et bientôt même la transcendance (la métaphysique aime le vide et s'y engouffre comme la fumée dans

un conduit de cheminée) ; car, en-deçà de la signification immédiate, on trouve l'absurde, qui est théoriquement la signification
nulle, mais qui en fait mène aussitôt, par une récupération métaphysique bien connue, à une nouvelle transcendance ; et la frag-
mentation infinie du sens fonde ainsi une nouvelle totalité, tout
aussi dangereuse, tout aussi vaine. En-deçà encore, il n'y a plus
rien que le bruit des mots.

Mais les différents niveaux de signification du langage que
nous venons de signaler ont entre eux des interférences multiples.
Et il est probable que le nouveau réalisme détruira certaines de
ces oppositions théoriques. La vie d'aujourd'hui, la science d'aujourd'hui, réalisent le dépassement de beaucoup d'antinomies caté-
goriques établies par le rationalisme des siècles passés. Il est
normal que le roman, qui, comme tout art, prétend devancer les
systèmes de pensée et non les suivre, soit déjà en train de fondre
entre eux les deux termes d'autres couples de contraires : fond-
forme, objectivité-subjectivité, signification-absurdité, construction-
destruction, mémoire-présent, imagination-réalité, etc.

On répète, de l'extrême droite à l'extrême gauche, que cet art
nouveau est malsain, décadent, inhumain et noir. Mais la bonne
santé à laquelle ce jugement fait allusion est celle des œillères et
du formol, celle de la mort. On est toujours décadent par rapport
aux choses du passé : le béton armé par rapport à la pierre, le
socialisme par rapport à la monarchie paternaliste, Proust par
rapport à Balzac. Et ce n'est guère être inhumain que de vouloir
bâtir une nouvelle vie pour l'homme ; cette vie ne paraît noire
que si — toujours en train de pleurer les anciennes couleurs —
on ne cherche pas à voir les nouvelles beautés qui l'éclairent. Ce
que propose l'art d'aujourd'hui au lecteur, au spectateur, c'est en
tout cas une façon de vivre, dans le monde présent, et de participer à la création permanente du monde de demain. Pour y
parvenir, le nouveau roman demande seulement au public d'avoir

confiance encore dans le pouvoir de la littérature, et il demande au romancier de n'avoir plus honte d'en faire.

Une idée fort reçue concernant le « Nouveau Roman » — et cela depuis que l'on a commencé à lui consacrer des articles —, c'est qu'il s'agit là d'une « mode qui passe ». Cette opinion, dès qu'on y réfléchit un peu, apparaît comme doublement saugrenue. Même en assimilant telle ou telle écriture à une mode (et il y a toujours en effet des suiveurs qui sentent le vent et copient des formes modernes sans en sentir la nécessité, sans même en comprendre le fonctionnement, et bien entendu sans voir que leur maniement demande au moins quelque rigueur), le Nouveau Roman serait, au pire, le mouvement des modes, qui veut qu'elles se détruisent au fur et à mesure pour en engendrer continuellement de nouvelles. Et, que les formes romanesques passent, c'est précisément ce que dit le Nouveau Roman !

Il ne faut voir dans ce genre de propos — sur les modes qui passent, l'assagissement des révoltés, le retour à la saine tradition et autres balivernes — que la bonne vieille tentative de prouver, imperturbablement, désespérément, que « dans le fond rien ne change » et qu'il n'y a « jamais rien de nouveau sous le soleil » ; alors qu'en vérité *tout change sans cesse* et qu'il y a *toujours du nouveau*. La critique académique voudrait même faire croire au public que les techniques nouvelles vont simplement être absorbées par le roman « éternel » et vont servir à perfectionner quelque détail du personnage balzacien, de l'intrigue chronologique et de l'humanisme transcendant.

Il est possible que ce jour vienne en effet, et même assez vite. Mais dès que le Nouveau Roman commencera à « servir à quelque chose », que ce soit à l'analyse psychologique, au roman catholique ou au réalisme socialiste, ce sera le signal pour les inventeurs qu'un Nouveau Nouveau Roman demande à voir le jour, dont on ne saurait pas encore à quoi il pourrait servir — sinon à la littérature.

TABLE

TABLE

CET OUVRAGE A ÉTÉ ACHEVÉ
D'IMPRIMER LE 6 DÉCEMBRE 1963
SUR LES PRESSES DE L'IMPRI-
MERIE CORBIÈRE ET JUGAIN A
ALENÇON, ET INSCRIT DANS LES
REGISTRES DE L'ÉDITEUR SOUS
LE NUMÉRO 507.

Imprimé en France